한판 고륜

삶의 향기

한판 고른 **삶의 향기**

초판 1쇄 인쇄 2023년 10월 05일
초판 1쇄 발행 2023년 10월 09일

지 은 이 금일권
그   림 금일권
펴 낸 이 정문식
펴 낸 곳 도서출판 백암

등   록 제313-2002-36호
주   소 서울시 마포구 신수동 219번지
전   화 Tel 02) 712-3733 Fax 02) 706-9151
E-mail baekam3@hanmail.net

ISBN 978-89-7625-244-9 (03800)

정가 17,000원

생명의 소리를 그리는

한판 고륜

삶의 향기

금일권 지음

도서출판 백암

사람아

응아 소리로 세상을 열고

앎의 진리 안에서 삶을 얻고

참 삶의 인연으로 사랑을 얻고

은은한 자연의 순리 안에서 섭리를 느끼고

이제는 새로운 자신을 즐거움으로 채워 보고파

눈을 감고 귀를 닫고 입을 닫아 그대를 향한다.

모든 것이 자아를 찾아 헤아릴 수 없는 지금이 회오리 되어,

한없는 한계가 우주 안에 무궁함으로 가득하다.

아침은 원초의 새로운 깨달음을 승계하고

점심은 참 하늘의 새로운 사랑으로 춤을 추고

저녁은 오늘도 못 다한 자신의 삶을 반성한다.

사랑아! 사람아! 삶은 서로 다른 연으로 아름다운 감사의 노래를

들려주고 있구나.

-한판 고륜-

삶은 보이지 않음과 보임의 합으로 이루어가는 세상살이일 것입니다. 세상은 세 종류의 형태로 하늘과 대지 그 사이에 존재하는 인간의 형상을 의미합니다. 세상의 삶 중에 존재하는 인간에 속하는 우리를 삶의 늘린 말인 사람이라 합니다.

사람은 하늘과 대지 사이에 존재하며 하늘과 대지를 관리하는 품격으로 존재하고 있습니다. 때문에 하늘도 대지도 사람과 더불어 세상을 채우고 일궈가는 것입니다.

사람이며 대한민국의 한 사람이며, 20여년의 한글 사랑과 연구 안에서 취득한 즐거움과 신비를 공유하려는 필자 한판고륜의 삶의 향기를 공유하려 합니다.

보이지 않는 소리를 보이는 그림으로 표현한 소리글자 중에 가장 훌륭하고 아름다운 '한글'을 통하여, 한글의 숨겨진 의미 안에서, 여러분들과 함께 생명의 원천인 한글의 향기를 같이하려 합니다.

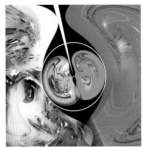

대한민국 사람이라면 누구나 알고 있는 한글!

한글을 통하여 우주의 신비를 알아내고, 생명의 존재와 섭리를 말한다. 한글을 이해하는 삶으로 철학과 신학을 이야기하고, 심리학을 논하고, 흥겨움과 신비스러운 우리의 소리와 몸짓으로 춤을 추고 노래합니다. 또한 생명의 논제를 통하여 매듭지어진 건강을 말하고 새로운 신비를 체험합니다.

필자 한판고륜의 서두를 이렇게 시작합니다.

"태초에 소리가 하늘과 땅을 채우고 하나 둘 생명이 태동을 시작 하였습니다 . 소리가 꼴을 갖추고 형상을 이루니, 말이라는 소리가 생겨나고 말은 그림으로 그려져 말씀이 되었습니다. '말'이라는 소리를 그려 말을 씀으로 소리글자가 생기고 이를 다듬고 가꾸어 현재의 대한민국 사람들은 한글이라 합니다."

창조와 인류의 역사 안에서 풀어가는 소리 에너지의 도형 안에서 생명의 존재를 찾습니다. 보이지 않는 소리는 시나브로 보이는 그림으로 정체를 드러내며, 참 아름다운 소리와 형상을 이해하며 숨어있는 소리 에너지의 신비가 한글을 통하여 읽는 이에게 향기로 전달됩니다.

　과학과 교육과 역사 그리고 신학과 철학 우주학의 이야기를 통하여 우리 삶의 의식주는 물론 모두의 삶에 진리를 향한 갈증을 해소하는 시간의 여행입니다.

　억겁의 삶에 녹아 전하여 오는 한글의 지혜를 전합니다. 스스로 자아를 찾아가며 심신과 일치되어가는 신비한 자신을 발견하게 될 것입니다.

　너무나도 소중하고 귀하며 인류의 가장 필요한 도구인 한글을 말합니다. 함께하는 시간이 지나면 지날수록 어느 사이 스스로 철학자로 명상하는 신선으로 새로운 이목구비의 기능을 복원하기 시작 할 것입니다.

　한글을 통하여 세상을 향한 진리를 담아 참 아름다운 선구자로 건강한 행복과 기쁨이 될 것입니다.

 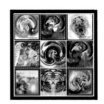

한글은 보이지 않는 소리를, 보이는 그림으로 그려 낸 신비스럽고 아름다운 소리글자입니다.

한글을 알면 삶의 보람과 즐거움이....한글 소리 에너지를 통하여, 자신을 이해하고, 스스로의 건강을 유지하고, 삶의 방향을 즐거움과 보람으로 바꾸며, 깊은 명상을 통하여 미지의 세계를 열어가며, 생명의 존엄과 창조적 삶을 공유하게 됩니다.

수 만년의 말을 통하여 이루어진 말을 글로 그려져 전해지는 말~씀.... 변화하는 세월의 파동과 자연스러움과 인위적인 조합의 생동감으로 가득한 에너지 그림.

새롭게 보이지만 새로움이 아닌 태초의 그대로가 억겁을 지나도 그대로인 걸...그려 보면서 즐거운 기쁨으로 채워보았습니다.

이 십 여 년 동안, 한글 연구를 통하여 사방에 펼쳐져 존재하는 온전한 에너지를 가진 소리 영역을 이해하고 표현하는 삶의 신비가 '만법귀일'이라는 한 점의 아름다운 삶을 가지는 기쁨으로 가득합니다.

한글을 사랑하는 모든 이들에게 인류에게 주어진 가장 신비롭고 아름다운 유무형의 에너지가 공유되길 바라며, 사랑과 감사 그리고 깨달음의 도구인 한글을 좋아하는 모든 삶이 행운과 즐거움으로 가득하시길 바랍니다.

2023년 9월 29일
한반고륜 금일권

글은 '마음의 에너지가
넘쳐흐르는 섭리' _149
소리는 시간을 이어가고 무생물
과 생물을 이어가며 무수한 형
태와 형질 그리고 형상에 관여

소리글, 한글의 형상, 색 그리고 에너지

한글은 음양으로 시작하여 형성되는 원방각과 더불어 보이지 않는 소리를 보이는 그림으로 표출한 전 인류의 유산이요 아름다움이라 할 수 있습니다

The vertical design

'ㅣ'를 기준으로 'ㅏ' 'ㅑ' 'ㅓ' 'ㅕ'

The horizontal design

'ㅡ'를 기준으로 'ㅗ' 'ㅛ' 'ㅜ' 'ㅠ'

교차되는 서로 다른 음양으로 형성되는 원과 방 그리고 각의 형상은 가장 근본적인 우주의 가장 근본적인 형태를 그리고 있습니다. 동그라미(원)은 현실과 이상을 표현한 우주 공간의 형상이며, 네모(방)은 삶의 무한한 변화를 가진 터전으로 대지의 형상이며, 세모(각)은 원과 방의 사이에 존재하는 쐐기 형상으로 원, 방을 가꾸고 다듬어가는 형상입니다.

The round design

ㅇ ㅎ

The square design

ㄱ ㄴ ㄷ ㄹ ㅁ ㅂ

The triangle design

ㅅ ㅈ ㅊ

모든 사물은 자신의 고유 에너지를 소리로 표현하는데 이를 이름이라 합니다.

모든 물체와 생물 무생물 그리고 존재하고 있는 모든 것은 정해진 소리를 부여하는데 이를 이름(illuminant; 光源)이라 합니다. 즉 모든 물체는 이름이라는 에너지를 가지고 있는 것입니다. 이를 소리 에너지라 합니다.

한글은 부음과 모음인 열 개의 음을 가지고 서로를 결합하여 십의 온전한 세계를 구현합니다. 부음(이 아 야 어 여)은 수직적이고 단순한 에너지를, 모음(오 요 우 유 으)은 수평적이고 복합적인 에너지를 구현합니다. 보임과 보이지 않음, 양과 음의 완성도인 'ㅣ', 'ㅡ'를 중심으로 자음과 더불어 에너지를 구현하게 됩니다. 모든 소리의 중심이며 부모 음은 파생된 자음 11개와 어우러져 변화되고 소리 에너지를 갖게 합니다.

'ㅇ'

'ㅎ'

'ㄱ'   'ㄷ'   'ㄴ'

'ㄹ'

'ㅁ'

'ㅂ'

'ㅅ''ㅈ''ㅊ'

한글

글은 그리움, 그림의 준말로 '에너지가 넘치는 무형 에너지의 섭리를 담고 있습니다.'

또한 소리글은 '사랑과 음양의 합의 안정된 섭리를 추구하는 에너지'를 내재하고 있습니다.

특히 한글은 소리글 중 가장 진화되고 발전된 최고의 소리글로 말을 써 내려 전하는 "말씀"으로 전해지고 있습니다.

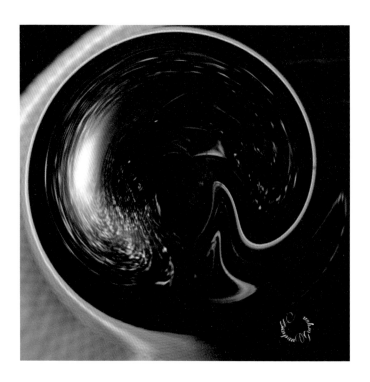

처 음

'처음'의 의미는, '세상의 깨달음을 통하여 이루는 무한한 삶'입니다.

모든 삶에는 처음이란 내용으로 시작합니다. 처음을 여는 그대여! 어제의 경험을, 미래의 희망을 그리고 지금의 사랑을 합하여 꿈으로 가득한 처음의 삶을 즐기시길 기원합니다.

감사합니다.

 우리들의 삶 안에는 보이지 않는 무형의 에너지가 존재합니
다. 이러한 '무형 에너지로 이루어진 근원'을 '감'이라 하지요.
감 잡으셨습니까? 많은 분 들이 사용하는 문구 '감사합니다.'
는 하늘이 주신 고마움에 답하는 사랑의 문구라 할 수 있습니
다. 감사합니다. 고맙습니다. 사랑합니다.

앎 – 모름

'앎'이란 '무한한 근본 섭리로 행하는 삶'의 의미라면. '모름'은 세뇌된 고정 섭리를 내재한 '삶'이라 정의 할 수 있습니다. 앎의 삶은 창조 되어지는 진취적인 생활을 이끌고, 모름의 삶은 세뇌되어 한정된 삶의 생활을 갖게 합니다. 과거/미래와 더불어서 현재를 살아가는 앎의 진리 안에서 복된 오늘이 되시길 기원합니다.

올

한 올 한 올 짜여진 우리들의 삶의 생명이 온 누리에 존재합니다.

올은 All로, Orient로, Organ으로 Organization을 형성합니다. 좌정 된 마음의 섭리를 이루도록 하십시오.

모두와 그대가 하나임을 체험하게 될 것이며. 우주가 그대의 몸과 함께하는 감흥이 있을 것입니다.

긍정과 부정

근거리에서는 잘 볼 수 있으나 넓게 보지 못합니다. 반면에 멀리 봄은 잘 보이지 않지만 넓게 볼 수 있습니다.

우리의 삶은 가까이 멀리를 반복하며 성장 되어 갑니다.

또한 스스로를 낮춤은 얻음이 많고, 스스로를 높이면 줄 것이 많습니다. 이 또한 주고받아 반복하여 성장 되어 오름 내림, 낮 밤, 추위 더위, 옳고 그름, 많은 서로 다름이 들고 나는 들숨—날숨처럼 오늘도 우리 곁에 있어 그대를 긍정으로 부정으로 이뤄집니다.

비우고 채우고 비우고 채우고… 반복의 틈새가 아름다워지면 삶이 즐거워질 것입니다.

신통한 삶

  신통한 삶을 살아갑니다. 신이란'서로 다름이 합하여 새로운 삶을 펼쳐감'의 의미를 가집니다. 본인은 자신, 상대는 당신 그리고 걸신, 병신, 망신, 등신....으로, 삶은 사회라는 공동체를 통하여 생명력을 갖게 되는 것입니다. 때문에, 서로서로 상통하는 삶을 신통한 삶이라 합니다. 신통한 삶을 통하여 신나고 자신 있는 당신의 오늘을 기대합니다.

주고 받는 삶의 슬기

주고받는 것의 균형은 삶의 슬기입니다. 주고받는 삶은 호흡과 같습니다. 주는 것이 많다 보면 고갈된 삶이 되고, 받는 것이 많다 보면 과잉된 삶이 됩니다. 호흡의 들숨과 날숨과 같이 균형된 삶이 참 훌륭한 삶이 될 것입니다. 주는 것은 '하늘 주신 온전한 사랑의 삶'의 행동이며, 받는 것은 '자신의 이상적인 삶의 존재'를 나타내는 것입니다. 그러므로 주는 것과 받는 것이 균형을 이루는 중용의 삶은 지혜로운 삶이 되는 것입니다. 때문에, 주는 만큼 받을 것이며, 받는 만큼 주어야 할 것입니다.

기도

우리의 입과 장을 이어가는 신체의 이름이 기도라 합니다. 희망을 염원하는 기도 역시 하늘과 세상을 이어감의 수단을 말합니다. 소리의 의미로는 '새로운 에너지로 심신의 안정된 균형을 이룸'을 의미합니다. 삶이 육적이든 영적이든 기도는 참 좋은 것이지요. 생명의 존재인 기도를 유지하고, 기도하는 삶은 행복합니다.

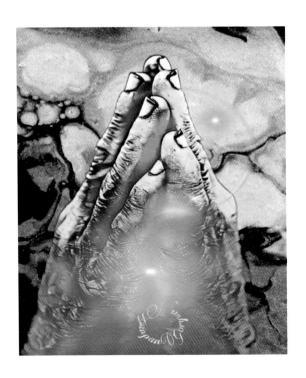

웃음과 울음

  삶을 살다 보면, 꿈을 이루면 '웃음'이 나고, 꿈을 멈추면 '울음'이 나지요. 욱하면 구설이 따르고, '운'은 꿈을 펼칩니다. '우리'라는 '그대와 나'는 새로워지는 꿈의 섭리의 주인이라– 슬픈 꿈보다 아름다운 꿈을 꾸고, 홀로 보다 우리가 되는–나눔의 꿈으로 서로 안아주고 다듬어지는 둥근 삶이되시길 기원합니다.

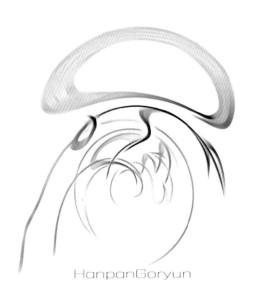

HanpanGoryun

고난-즐거움

　고난은 부정적인 사고로부터 오고, 즐거움은 긍정적인 사고로 인해 형성됩니다.'부들부들' '푸들푸들'의 차이겠지요. 움직이지 않는 자신의 일을 '고난', 꿈을 꾸며 하늘이 주어진 섭리를 전하는 일은 '즐거움'이라는 의미를 부여해 봅니다. 항상 긍정적으로 무한한 에너지가 넘치는 참 하늘 사랑을 만끽하십시오.

산다.

　'산다.'라는 의미는 '서로 다름이 합하여 형성되어 펼쳐지는
삶을 통하여 하늘과 대지의 합의 근본을 이룬다.'라 합니다.
서로 다르다는 것은 참 사랑의 고정된 여로와 같으니 산다는
것이 쉽지는 않을 것입니다. 미지의 삶은 그대의 생각과 달리
항상 새롭기 때문일 것입니다. 그러니 그저 그대의 몸과 마음
이 합하는 즐거운 시간으로 가득 채워진 삶을 기원합니다.

믿음

믿음의 의미는 '꿈이 넘치는 삶을 통하여 세상은 채워지고 새로워지며 중심을 가진다.'라는 의미이지요. 자신의 꿈과 이상이 현실에 존재함으로 스스로를 채워 감이 '믿음'이랍니다. 자신과 주변에 믿음이 존재할 때 삶은 즐겁습니다. 믿음을 가진 삶을 사랑합니다.

마음

'삶의 근원이요. 무한함이 넘치는 삶의 보고.'를 마음이라 정의합니다. 마음대로 살아가는 삶이야말로 참 훌륭한 사람이겠지요. 여러 가지 핑계가 자신을 마음대로가 아닌 구속된 삶을 가지게 합니다. '마음대로'라는 글귀를 생각해 보며 조용한 명상 안에서 자신을 자유롭게 즐겨보십시오.

자신감

자신감을 가지고 삶을 누리세요. '누림'의 의미는 '온전한 실천으로 이루는 새로운 삶의 섭리'입니다. '자신'은 '하늘이 주신 사랑을 근간으로 하는 새로운 사랑의 실천'을 의미합니다. 그러므로 자신을 누리는 것은 삶의 의무이며 권리입니다. 자신감은 모두의 힘이 됩니다.

긍정

　참 하늘의 무한한 사랑의 에너지가 넘쳐흐르는 환경을 '긍정'이라 합니다.

　사방에 무한하게 채워진 새로운 환경에 처하면 '예'라고 답을 할 때, 몸과 마음이 합한 행동을 통하여 긍정은 무한한 에너지를 가지게 됩니다. YES, '네'하는 긍정의 소리는, 스스로를 새롭게 하는 좋은 에너지로 우리들 곁에 존재합니다.

겸손

　자신이 가진 고귀함을 나누는 삶의 실천을 통하여 스스로 사랑의 힘을 '가짐'이라는 의미를 부여해 봅니다. '겸손' 참 좋은 것입니다. 오늘 하루 겸손이라는 에너지로 복된 시간되시길 기원합니다.

흠모

흠모합니다. (ADORE): 생명이 넘쳐흐르는 삶과 안정된 삶의 욕구'를 의미하는 흠모는 삶의 은은한 행복의 향기입니다. '흠모'라는 글과 아름다운 명상에 젖어 봅니다. 우리가 흠모하는 분들이 많을수록 삶은 아름답습니다. 흠모합니다!

무(온전한 마음을 가진 삶)

온전함이 '하늘이 준 사랑으로 형성된 생명체의 삶'으로 이해한다면 그 마음은 없는 것이거나 삶의 목표일 것입니다. 중용의 삶으로 처음과 끝을 같이하는 것이 인생의 즐거움일 것입니다. 처음과 끝이라 한결같으니 삶은 유한한 무일 것입니다. 온전한 깨달음의 삶의 아름다움을 가지시길······

질문

　진취적인 삶의 질문은 '어떻게?', 주저하는 삶은 '왜'라는 질문을 하게 됩니다. '왜' 라는 질문은 고정된 삶을 즐기며, '어떻게'라는 질문은 참된 희망과 화합의 삶을 즐길 수 있습니다. 늘 그대로 평안하시길 기원합니다.

치

'치'는 '깨달아 채워져 새롭다.'라는 의미를 가집니다.

에너지의 근원을 깨달아 새로우면 '가치', 하늘이 주신 사랑을 깨달아 새로우면 '정치', 사방 에너지의 무한을 깨달아 새로우면 '경치', 온전한 자신과 섭리를 가진 생명의 근본을 깨달아 새로우면 '누루하치'……

오늘은 잠시 '치~차~치' 소리를 내 보며, 자신 만 생각하는 '나치' 아닌, 황제를 의미하는 '누루하치'가 되어 보세요.

가르침

'에너지의 근본 섭리가 넘침'을 의미하는 '가르는 스승'의 옛 말입니다.

傅岩湖(부암호; 스승 부, 바위 암, 호수 호)를 '바위가르호'라 하는 연유로 본다면, '바이칼호'는 우리 선조와 관련이 있을 것입니다. '스승'은 '사랑이 넘치는 무한함을 가짐'의 의미를 가지니 '에너지의 근본 섭리가 넘침'과 동일한 의미입니다. 그럼으로써 가르침은 스승이 깨달아 새로운 삶을 예시하는 것입니다. 가르침을 주는 삶으로 살아가고-가르침을 받는 삶으로 살아가는, 주고받는 가르침의 부재는 사람의 삶의 부재를 부릅니다. "사람이 되라…언제 사람이 되려나? 짐승 같은…" 염려의 어르신 들의 소리가 귓가를 스칩니다. 스승을 찾은 바위를 '부암호'라 칭한 옛 황제의 감격스러움과 존귀한 스승의 존재를 생각해 봅니다.

존중

존중은 '하늘사랑으로 이루어 가는 안정된 삶과 무한하고 온전한 삶의 내적 에너지'로 우리 모두에게 존재와 중요를 가지게 합니다. 각기 사람은 존재 자체만으로 소중하고 아름다운 에너지를 가지고 있습니다. 자신을 존중하고 다른 사람도 존중함으로 세상은 사랑으로 채워지고 새로운 즐거움을 갖게 합니다.

자연의 교훈

비가 내렸습니다. 맑고 풍성함, 그리고 새로움을 속삭이고 바람과 더불어 시원한 여름을 갖게 합니다. 이기적인 삶으로 살아가는 멍청한 삶이 아닌 더불어, 함께하는 지혜로운 삶을 느끼게 합니다. 넘치지도 모자라지도 않는 자연의 교훈을 생각해 봅니다. 모두를 위한 자신의 행복을 기대해 봅니다.

습관

　습관은 주고받음의 반복된 행동이며 관은 안정된 에너지의 근본적인 자세입니다. 때문에, 습관은 삶의 가장 중요한 행동입니다. 주기만 하면 마르고, 받기만 하면 비만이 됩니다. 주고받음의 균형은 고요하고 아름다운 자태로 살아가는 심신의 건강 습관입니다.

소중함

　삶은 누구에게나 소중합니다. 하나의 소중한 삶은 많은 소중함으로 이어지며, 온전한 깨달음으로서, 우리들의 가슴에 새로운 삶으로 자리합니다. 모두의 삶이 소중함을 감사하고 사랑하고 고마워하는 삶은 행복합니다.

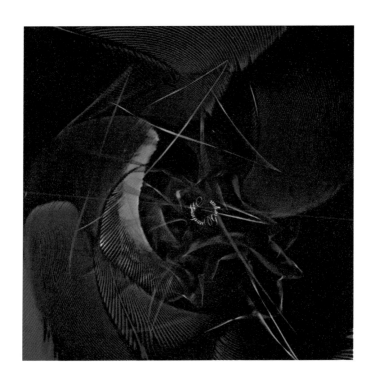

친구

친구는 깨달음을 채워 새로운 삶의 에너지를 공유합니다. 친구들에게 감사와 고마움으로 '사랑합니다.'하고 말해 보십시오. 삶이 충전될 것입니다. 나의 삶 중에 귀한 친구인 그대와 다른 모든, 친구들에게 감사와 사랑을 전합니다. 감사합니다. 사랑합니다. 행복하세요.

관심

관심을 가지고 살아가십시오. 무관심은 스스로를 고독한 삶, 고뇌의 삶 그리고 재미없는 삶을 살게 합니다. '관심'의 의미는 '근원적이고 안정된 에너지가 사랑을 이뤄 새로워짐.'입니다. 즉, 관심은 자신감이며, 사랑의 실천이고, 새로운 삶을 향한 원동력이지요. 바로 오늘 삶의 관심을 가지고, 가장 가까운 것부터 살아가시길 권합니다. 예를 들면 숨쉬기부터, 자신이 맞이하고 있는 오늘의 시간부터……

그저

　그저 좋은 세상이 참 아름답고 행복하며 고마운 삶을 존재하게 합니다. 누구나 알고 있는 소리 '그저'는 보이지 않지만, 항상 자연스러운 행복을 갖게 합니다. 그러니 그저 좋아하십시오. '에너지가 넘치는 하늘의 참사랑'의 의미를 '그저'라는 글귀에 담습니다.

몸·마음

 항상 누구에게나 같이하는 하늘과 대지의 넘치는 에너지는
모든 생명체의 공유 재산입니다. 마찬가지로 우리는 항상 같
이 손을 잡고 살아가는 몸과 마음의 공유된 에너지로 삶을 이
어갑니다. 그대의 몸과 마음이 같이하는 아름다운 삶이되시
기를 기원합니다.

시간의 의미

시간의 의미는 '서로 다름의 합이 채워져 새로운 에너지로 펼쳐짐'이라 합니다. 태초라는 시간의 시작으로부터 현재를 사는 우리들의 삶의 여정 안에서–시간은 사랑의 에너지로 채워감으로 미래를 향한 원동력이 됩니다. 시간은 사랑이고, 에너지로–끊임없이 꾸준하게 움직이는 그대의 생명이요, 힘입니다. 소중한 시간 되세요.

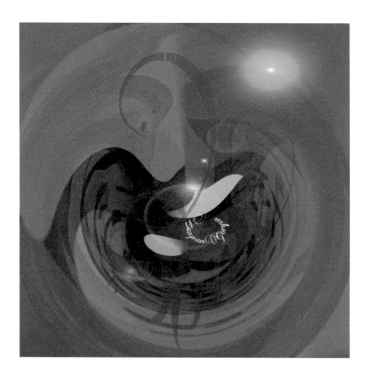

친절

깨달음이 채워져 새로워지면, 참 좋은 사랑의 섭리를 갖게 합니다. '친절'의 의미입니다. 깨달음은 서로의 화합과 세상에 존재하는 무한한 그대들의 꿈을 일구는 삶의 도구이며, 섭리는 존재하는 생명의 합일된 행위를 통하여 움직이는 자연의 현상입니다. 친절은 깨달음과 고마움으로 이루는 아름다운 삶입니다.

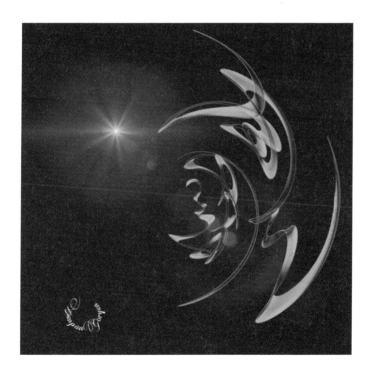

아침

아침은 처음의 깨달음을 얻어 새로운 삶을 시작합니다.

첨이란 '참 깨달음의 삶'이며 자신 즉 나의 본능적 자각입니다.

아침이 오늘 당신의 삶을 아름답게 즐겁게 이끄는 원동력이
됩니다. 삶의 중심 안에 나의 아침의 존재는 소중합니다.

틈·새·빛

　우리는 세상의 틈을 메우고 살아가는 사이입니다. 틈새는 특별한 사랑으로 채우고 금을 그어가며 우리의 삶을 그려냅니다. 빨·주·노·초·파·남·보, 합하여 한 줄기 빛으로 세상을 채우고 아름다움을 전달합니다. 각기 다름은 합을 위한 존재이며 사이좋은 틈새 안에 여유로운 행복함입니다. 새 나라의 얼이신 그대의 아름다운 오늘의 보람된 삶에 감사드립니다.

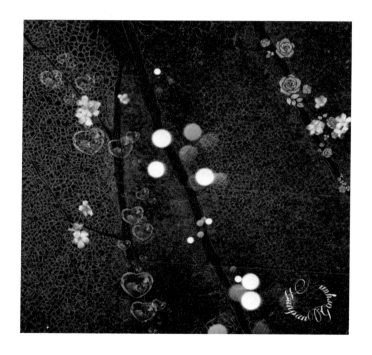

핑계

참된 삶을 위해서 핑계 없는 삶이 되시길 기원합니다. 삶이라는 사랑과 사람의 존재를 벗어던지고 혼탁한 삶을 살아가는 것이 핑계로 이어지는 삶이기 때문입니다. 순간의 습이 자신을 황폐하게 만들어갈 수 있습니다.

핑계 없는 삶은 좋은 삶이고 풍요로운 삶이 될 것입니다.

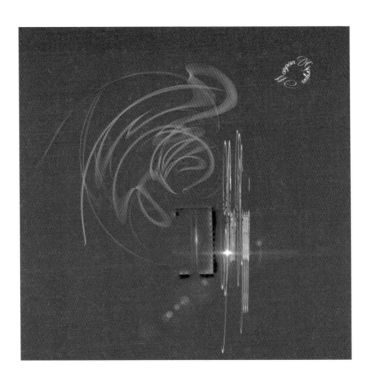

몸과 마음의 균형

　'마음은 청춘인데 몸이 말을 듣지 않는다.'라는 '몸은 청춘인데 마음대로 되지 않는다.'라는 소리를 듣습니다. 삶은 이렇게도 몸과 마음이 어우러져서 '나'를 만들어가는 것일 것입니다. 몸과 마음의 균형은 건강한 삶 안에 '나'를 만듭니다. 끊임없는 원동력은 균형을 가진 나의 자아로 유지됩니다. 건강하세요.

자신

　자신을 가지십시오. 하늘이 주신 사랑으로 채워진 새로운 삶을 살아가는 자신을 발견할 수 있습니다. 자신을 믿음으로써 원하는 이상적인 삶을 가질 수 있습니다. 과거, 미래 그리고 오늘의 삶의 주인공은 자신입니다. 자신을 사랑하는 아름다운 삶이 주변의 모든 이에게 행복을 기원합니다.

삶의 중심

　모든 것은 뜻대로 이루어집니다. 의지 그리고 동의, 또 그리고 각오. 무엇보다 가장 중요한 것은 그대가 중심이라는 것입니다. 뜻은 삶의 중심으로 수직과 수평의 가장 작은 핵들이 모이고 모여 존재하는 두루마리를 형성합니다. 그대는 위대한 삶이니, 꿈을 가진 천지 합일의 주인임을 잊지 마십시오. 오늘도 그대는 어버이 안에 살아 존재합니다.

물

 온전한 합성 에너지를 가지고, 삶과 보이는 섭리 안에 존재
하는 "귀중한 생명의 주체"를 '물'이라 합니다. 물은 모든 생
명을 하나로 이어가는 매체로 영육은 합체의 균형을 유지하
며, 모든 생명체와 공유된 삶을 선물합니다. 어린 시절, 장독
대에, 정한 수를 떠 놓으시고, 두 손을 모으시던 어머님을 기
리며 공유된 삶의 감사를 드립니다.

저절로

매일 오전에는 주어진 실상으로 저절로 흘러가고, 오후에는 주어진 결과를 저절로 평가합니다. 저절로는 자연스럽게 주어진 삶의 방향을 가는 것이지요. 자신의 삶은 저절로 스스로의 삶의 방향으로 환경에 맞추어 새로운 즐거움을 가지는 삶일 것입니다. 저절로 스스로의 삶 안에 즐거우시길 기원합니다.

만남

만남은 살아 존재하는 삶의 행위이며 개인의 존재성을 인지하는 것입니다. 만남이 없는 삶은 맛과 멋이 없는 삶으로 무의미한 삶일 것입니다. 맛과 멋은 변화를 통하여 만남을 더욱 더 아름다운 삶으로 연출 합니다. 좋은 음식을 만나 좋은 만남의 주인으로 맛있는 음식과 더불어 의미 있는 시간되시길 바랍니다.

예

　'예'는 '사방에 무한한 존재를 인지하고 새롭게 하는 것'을 의미합니다. 무한함은 '온전한 삶을 이루고 생명력을 부여하는 생명체의 뿌리가 되는 삶의 근원'을 말합니다. 긍정의 대명사인 예는 삶의 풍요와 질서를 정립하고 아름답게 합니다. 오늘 그대 삶의 질문에 '예'로 답하는 시간이 많기를 기대합니다. 그리고 힘내세요.

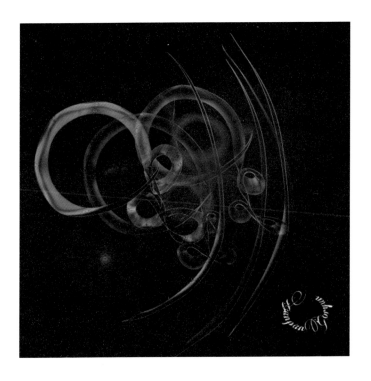

합(생명의 빛)

  표현되는 행위의 결과 치는 합으로 이루어집니다. 서로 다르기 때문에 합함이라는 과제가 있으며, 합으로 이루는 결과물은 아름다움과 즐거움을 동반하는 보람입니다. 서로 하나 되길 희망합니다. 화합은 평화의 주춧돌이요, 합궁은 번성의 기초이며, 합성은 인간의 본성입니다.

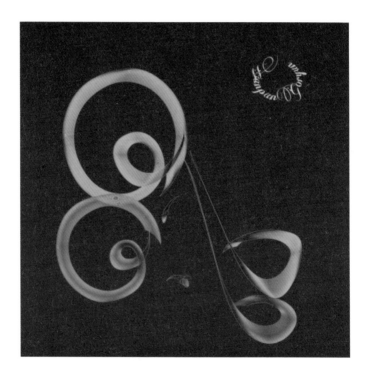

채움

　'채움'은 끊임없는 깨달음으로 형성된 삶을 의미합니다. '책' 은 끊임없는 깨달음으로 에너지를 가집니다. 삶은 항상 깨달음으로 이어가는 Checked Life로 온전한 삶을 향하고 있습니다. 자신을 존중하고 점검하는 좋은 습관으로 오늘 하루를 채워 봅시다.

함께

함께 살아가는 것은 생명의 근본 에너지입니다. 함께 함은 인생의 귀중한 힘입니다. '함께'는 생명을 뿌리로 하는 삶의 총체적 의미와 새로운 완성의 에너지의 합을 의미하기 때문입니다. 더불어 그리고 서로의 손을 잡고 행복하시길 기원합니다. Double, Together with Hand in hands—

나눔

 나눔은 '나를 온전한 삶으로 채우는 삶'을 의미합니다. 슬픔도, 기쁨도 서로 나누며 살아가는 사람은 중용의 도를 가진 아름다움을 실천하는 사람입니다.

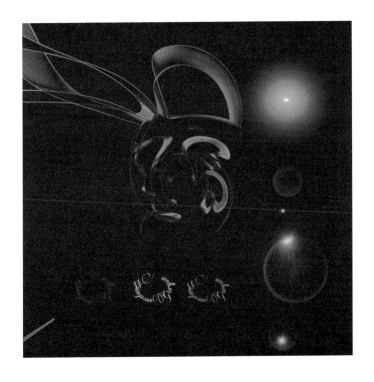

매일

　매일은 '항상 새롭게 펼쳐지는 무한한 삶의 섭리'를 의미합니다. 제가 매일 글을 쓰고 전하는 것 역시 '세상에 존재하는 섭리' 중 하나이겠지요. 오늘, 무엇인가를 새롭게 도전하는 것은 '하늘과 땅 사이에 존재하는 참사랑의 실천'의 의미를 담아 살아있다고 알리는 것이 되겠지요. 매는 '삶의 전부', 일은 '꿈을 채운 새로운 섭리'이니 Male, mail.? 삶 자체가 일이랍니다. 매일 매일 즐겁고, 보람되시길 바랍니다.

정한 삶

정한 삶을 살아갑니다. 나 그리고 누군가 정해 놓은 곳을 향해 나아갑니다. 정은 하늘이 정하고 변함없는 참사랑의 무한함을 가지고 있습니다. 정한 삶은 '하늘의 변함없고 무한한 생명으로 이루는 참사랑의 섭리를, 행하는 삶'입니다. 삶은 그대의 다른 모습을 받아들이고 행복해하는 그대의 권리입니다. 사랑합니다.

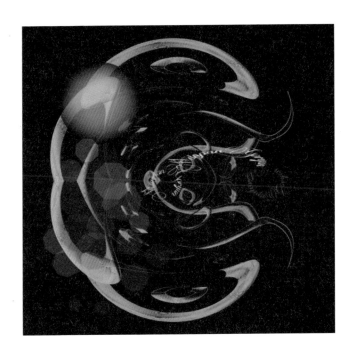

어여쁨, 미움

끊임없는 자신의 삶을 살아가는 삶=어여쁨이지요. 미움은 변덕스러운 세상사에 자신의 목표를 두는 삶이라 할 수 있습니다. 미움의 삶은 돌이킬 수 없는 어두움의 삶이라면, 어여쁨은 스스로를 빛으로 채워가는 삶의 행복입니다.

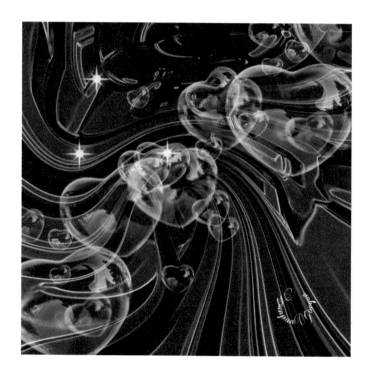

기회

기회 chance는 깨달아 실천하는 생명의 합성체로 우리 곁에 항상 존재합니다. 보이지는 않지만, 오늘을 새롭게 시작하고 있는 에너지를 가진 그대의 삶을 응원합니다. 기회는 주어지는 것이 아닌 항상 그대와 더불어 존재하는 영원하고 아름다운 그대 자신입니다.

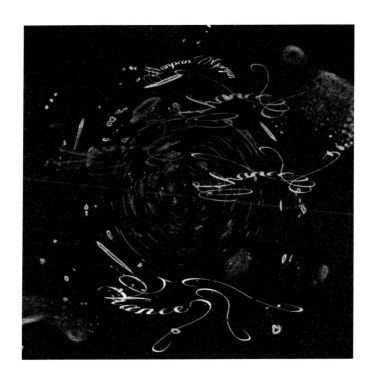

수평과 수직

수평과 수직, 서로 다름의 합으로 생명을 번성하게 합니다. 서로 다르지만 융합하는 번성의 힘은, 자연적으로 혹은 인위적으로 존재하며 화합과 평화를 갖게 합니다. 일치된 서로 다름의 합으로 아름다운 세상을 위한 삶이되길 기원합니다.

인연

'무한한 존재가 새로워져 사방에 펼쳐지고' 있습니다. '인연'의 의미이지요. 스쳐 가는 옷깃 일지라도 삶의 귀중한 첫 동기를 부여하는 것이 바로 인연이랍니다. 각자의 인연을 소중하고 아름다운 삶으로 다듬어가는 오늘의 행운을 기원합니다.

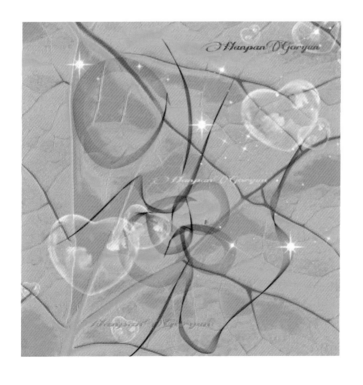

몸과 마음 사이의 삶

  우리들의 삶은 몸과 마음 사이에 합해가는 새 생명이라는 삶의 존재일 것입니다. 몸만 살아가는 삶 그리고 마음만 살아가는 안타까운 삶을 봅니다. 우리는 새 나라 즉 몸과 마음 사이의 삶을 살아가고 있습니다. 하늘과 땅 사이에 존재하는 항상 새롭고 참 아름다운 사람 바로 그대의 삶입니다.

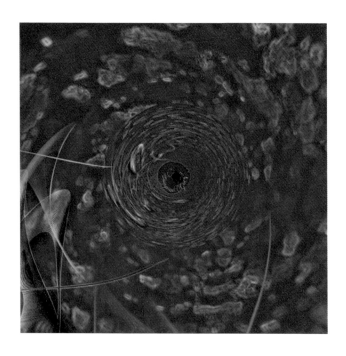

알림

"태초의 섭리가 새로워진 삶"의 의미로 앎이라 줄여 말합니다. 앎은 알라, 알람… 관련 있는 소리로 존재하지요. 앎이라면 소리를 통해서, 우리는 끊임없이 변화하는 삶 안에서 미완성의 지식과 착오의 경고음을 들으며, 가장 근본적인 삶을 향하여 복귀하는 삶의 윤회 안에 존재합니다. Alarm 소리에 knowledge를 담아 스스로 자연스러운 섭리에 자신을 담아 알아가는 아름다운 삶을 기원합니다.

수상행식

서로 다른 의견을 수렴하고 받아들이고 생각하고 행동함으로써 새로운 삶의 영역을 채워갑니다. 이는 서로 다르지만 하나를 이뤄가는 여유로운 삶의 원천인 '수상행식'의 수순입니다. 사랑의 매뉴얼처럼 항상 '수상행식'의 수순을 기억하는 삶은 여유롭고 편안함을 갖게 합니다.

선과 악

선은 참사랑을 펼치는 것이며, 악은 근본을 잃어버리는 것입니다. 사람은 각기 다르지만 서로 합하여 살아가는 삶으로 참 생명의 기쁨을 누립니다. 선을 행하는 삶으로 기쁨이 가득하시길 기원합니다. 선은 같은 삶을 살아가며 느끼는 기쁨을, 악은 서로 다른 삶을 살아가며 느끼는 고독한 침울함을 갖게 할 것입니다.

두려움

　자신을 두려워합니다. 두려움은 현실성은 없지만 우리 삶을 성장하게 합니다.'두려움'이란 "보이지 않지만, 천지 합일된 온전한 삶의 섭리를 발하는 것"을 의미하지요. 그러니 두려워하세요. 요즘 너무 자신에 삶의 두려움이 없으므로 불행한 사람이 되는 것을 느낍니다. 들어내지 않는 두려움은 아름답습니다.

생명 문화

한은 '생명의 뿌리가 펼쳐짐'이니 끝이 없습니다. 때문에, 한글은 영원한 에너지를 담아 전하는 인류의 유산입니다. 한글을 이해하고 사랑하는 삶의 문화가 세상의 온전한 삶을 이루게 할 것이며, 소중한 생명 문화의 근본이 될 것입니다. 한글을 인지하고 좋아하는 삶은 참 행복한 기쁨이 될 것입니다.

순리

순리를 따릅니다. 순리는 '온전한 합으로 형성되고 표현되는 새로운 현상'을 의미합니다. 온전함은 '각기 지닌 재능과 하늘의 참사랑이 더불어 펼쳐지는 살아있는 생명의 삶'으로 존귀합니다. 순리는 소중하고 존귀한 마음에서 우러나오는 새로운 삶입니다. 순리는 그대의 선택적인 기쁜 행복입니다.

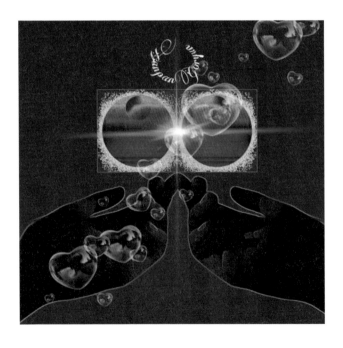

그리움

그리움으로 그림을 그려냅니다. 글도 써 봅니다. 보이지 않는 내 안의 힘이 솟구쳐 흘러서 나의 꿈을 담습니다. '그리움'의 의미는 '에너지 넘치는 섭리가 새롭고 온전한 이상을 실현하는 삶'이라 할 수 있습니다. '그리워한다.'는 것은 과거와 미래를 연결하는 보이지 않는 에너지라 할 수 있습니다. 그리운 곳, 그리운 사람, 그리운 마음과 그리운 사랑을 찾아 새로운 에너지를 축적해 보십시오. 아름다운 그대를 발견하게 될 것입니다.

사랑 미움

미움은 삶을 포기하고 홀로 존재하는 꿈을 꾸는 것입니다.

사랑은 서로 다르지만 합하여 이루려는 삶의 요구이자 희망입니다. 그러므로 미움보다 사랑은 어렵지만 참으로 행복한 삶을 향한 즐거움입니다.

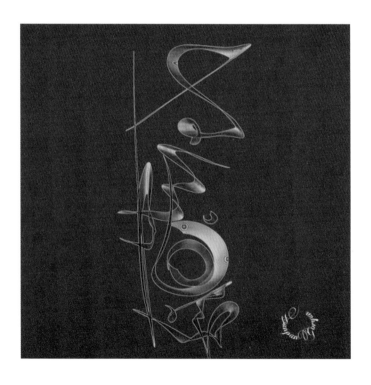

창의

  창의가 없어진 삶은 문제가 많은 삶입니다. 자신의 주장이
아닌 삶과 남의 주장으로 살아가는 삶이 편하기는 하겠지만,
자기를 잃어버린다는 후유증이 있을 것입니다. 자기 스스로
이해하고 깨달아 결정되어 진, 스스로를 행한 삶이 아름답습
니다. 떼를 지어 휩쓸리는 선동된 혼란의 삶을 경계해야 합니
다. 귀중한 그대의 창의적 삶을 기대합니다.

어두움

　어두움은 '천지인의 합일로 형성된 온전한 이상 세계를 가진 고요한 삶'을 제공합니다. 반대로 밝음은 '끊임없이 변화하는 이상 세계를 향해 분주한 삶'을 제공합니다. 어두운 어머니의 궁 안에서 나와 분주한 자립의 삶을 시작하는 날을 태어난 날이라 합니다. 새롭고 무한한 섭리의 존재인 삶에 감사하는 생생한 오늘이 되길 기원합니다.

느낌

만물의 영장은 스스로 에너지를 합성하여 새로움을 만들어 냅니다. 더울 때 시원함을, 추울 때 따뜻함을, 슬플 때 기쁨을, 가쁠 때 행복함을 긍정과 부정의 오묘한 조화를 통하여 삶은 그대가 원하는 방향으로 변화됩니다. 우린 영원하고 무한하게 서로 다름을 합하고 항상 새롭게 시간을 채워 감을 기리기 위해서 '생일'이라는 날을 갖습니다. 그대의 느낌은 오직 그대를 위한 오늘의 즐거움으로 존재하길 기원합니다.

새 날

새 날을 위해 우리는 나날, 나아가고 있습니다. 나 자신을 생각하는 삶은 나아가는 삶이 됩니다. 나 자신 보다 남을 생각한다면 남아있는 삶이 됩니다. 나는 나아가는 삶이기에 남을 탓하면서 머물 수 없습니다. 남 역시 나의 삶이기 때문에 공유하는 즐거움을 갖게 됩니다. 새 날로 나아가는 그대는 천지 합일의 에너지원입니다.

행운

　영원하고 무한한 생명의 온전한 꿈이 존재한다면 '행운'이
라 말합니다. 쉼이 없는 생명력으로 꿈을 실현해 가는 그대가
바로 행운이고 행운아입니다. 오늘도 행복한 그대가 있어 세
상은 아름답지요.

빛과 그림자

빛이 말이라면 그림자는 말씀으로 보이지 않는 소리 에너지와 보이는 소리의 형상으로 우리 곁에 있습니다. 빛은 항상 새롭게 깨달음을 요구하고, 그림자는 새로운 삶의 섭리를 위해 축적된 에너지를 보유합니다. 맑고 고운 빛과 항상 더불어 살아가는 그림자는 그대와 함께합니다.

열심

　세상의 생명력은 열심으로 존재합니다. "사방에 존재하는 무한한 섭리 안에서 서로 다름을 이해하고 합하여 새로운 삶을 살아갑니다." "열심"의 의미로 삶의 성장의 귀한 요소입니다. 열심히 살아가는 우리들의 삶 안에 행운이 가득하시길 기원합니다.

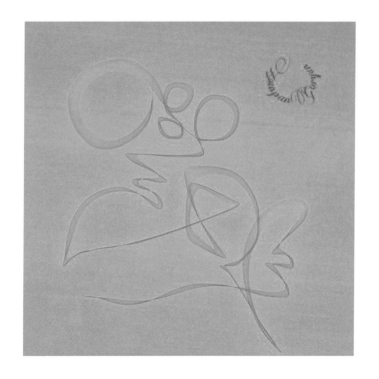

아름다움

아름다움은 '태초의 섭리와 하늘과 땅 사이의 무한한 꿈을 가진 삶'을 의미합니다. 순수하고 단순하지만 살아 존재하는 생명 – 아름다움의 표현입니다. 아름다움을 가지고 살아간다는 것은, 행운의 삶이 될 것입니다. 아름다운 그대가 함께하니 저는 행운을 가진 삶을 가지고 살아갑니다. 고맙습니다.

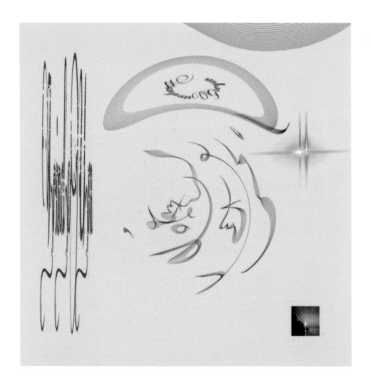

참 하늘 사랑

　긍정적인 생각은 새로운 에너지를 창출하고 삶을 풍요하게 합니다. 긍정은 참 하늘 사랑의 에너지를 가지게 하기 때문입니다. 풍요는 온전한 평화와 중용을 가진 마음이니, 아름다운 삶의 근원이 됩니다. 긍정적인 생각으로 삶의 즐거움을 누리시는 오늘이 되십시오.

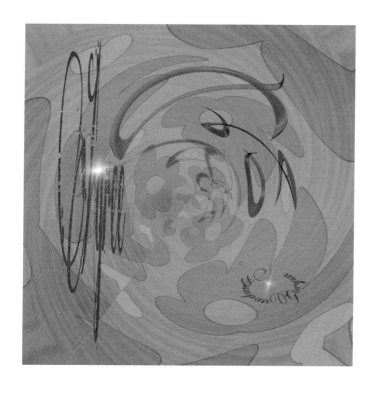

청하고 행하시오.

　청하십시오. 그리고 행하십시오. '청'은 깨달음의 발산이며, '행'은 존재하는 생명의 발산입니다. 깨달음으로 존재하는 생명은 청하고 행합니다. '청'은 천지인의 합으로 무한하며, 행은 '심신의 결실인 영원한 생명의 섭리'로 무한합니다. 언행의 일치는 참된 행운을 이끌고, 그러하지 못하면 불운을 가져오게 됩니다.

좋아하십시오.

좋아하십시오. 하늘이 공짜로 주신 모든 것은 참 아름답고 소중합니다. 부모님이 하늘을 대신하여 주신 그대의 몸과 마음은 참 아름답고 소중합니다. 찬란한 태양, 공기 그리고 보이지 않는 주변의 자연스레 다가온 시간과 선인들의 지혜와 유산들, 참 아름답고 소중합니다. 좋아하십시오. 많은 것들이 그대가 좋아해 주길 기다린답니다.

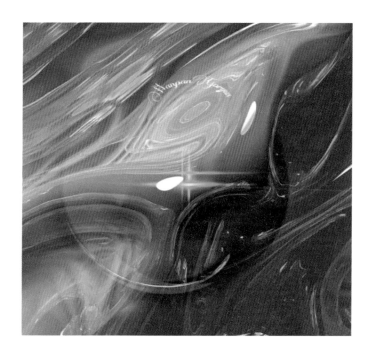

참 아름다운 삶을 위하여…

　서로의 만남과 이루어진 매듭들을 생각해 보며, 내리는 빗줄기 안에서 나의 빛을 찾아보는… 눈을 부릅뜬 명상에 젖어드는 마음 안에 빗속의 빛을 빚어내는 아름다운 빗줄기와 더불어 부딪쳐 내리는 빗소리에 즐거워하는 오늘을 생각해 봅니다. 그대의 건강과 아름다운 삶을 응원합니다.

숨

숨은 생명의 내재 된 온전한 삶입니다. 숨을 멈추면 생명도 멈춥니다. 숨은 심신이 결합 되어 이루는 '희로애락에 오욕'의 삶을 표출합니다. 열아홉 번 주고받음으로, 삼백육십의 혈을 자극함으로써 우주의 생명 섭리에 연결되어 에너지를 주고받으며 존재합니다. 건강한 삶 안에 숨은 생명의 활동입니다. 나의 섭리가 이루어지는 시간 안에서, 잠시 숨을 고르고 행복한 시간을 연상하며 참삶의 아름다움을 즐기시기 바랍니다.

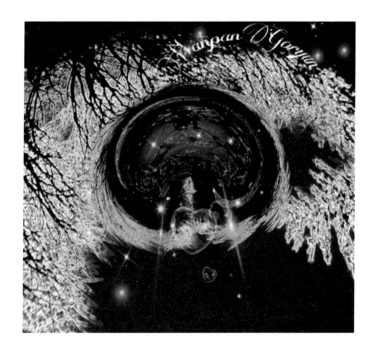

반해 보십시오.

    반해 보십시오. 실천의 첫 과정은 반하는 것입니다. 학창 시절, 같은 반의 인연을 가진 것처럼 주어진 환경 안에서 무엇인가 반해 보십시오. 많은 변화가 실천이란 주제를 위해 생겨날 것입니다. 서로 입장을 바꾸어 생각하는 것 역시 반해 보는 것입니다. 모든 생명의 움직임은 반하는 것이어서 서로 당겨짐의 자연스러운 생명력을 가집니다. 즉 반하는 것은 살아있다는 것이랍니다. 그대의 삶에 반해 보십시오.

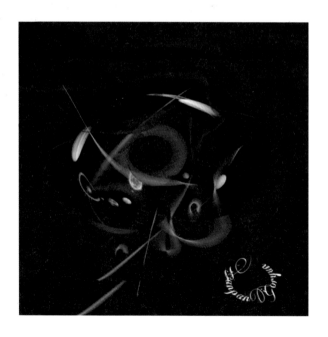

산과 들

산은 사랑의 근본을 펼치고, 들은 천지 합일의 섭리를 머금고, 강은 에너지원을 무한하게 발산합니다. 사람은 '사랑의 근본 섭리를 살아가는 존재'로 서로 다름이 합하는 삶을 살아갑니다. 사람으로 살아가는 것은 참 아름답고 행복하고 귀중한 권리입니다.

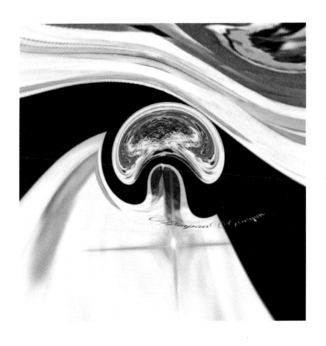

소중한 '나'

  한없는 새로운 움직임으로 나날을 맞이합니다. 눈은 펼쳐지는 온전한 세상을 보고, 귀는 보이지 않는 온전한 세상을 듣고, 코는 멈출 수 없는 세상을 바꾸려 분주합니다. 세상에는 '나'와 '남'이 존재합니다. '나'는 세상의 근원이고, '남'은 나의 삶이랍니다. 그러므로 '남'은 '나'의 분신으로 소중한 '나'의 생명입니다.

나의 말과 남의 말

　나의 말 대신 남의 말을 하지 마십시오. 나의 말은 자신감을 가지게 하고, 남의 말은 당신의 삶이 아니랍니다. 나는 스스로 펼쳐지는 근본으로 삶의 중심이 되지만, 남은 나의 삶의 관심 영역이지요. 말은 세상에 존재하는 근본 섭리로, 나의 말은 나의 존재를 풍요롭게 만들지만 남의 말은 나의 존재를 빈곤하게 합니다. 자신의 말로 자신 있는 삶을 살아가시길 권합니다.

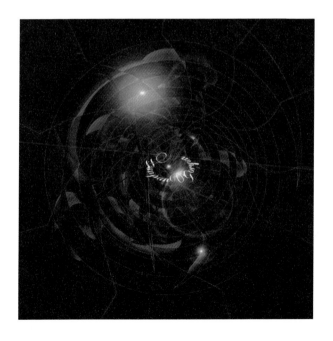

관계

관계를 정립하는 것은 삶의 길 중 중요한 하나입니다. 관계는 보이지는 않는 에너지로 대내외적인 구속력을 가지고 있습니다. 관계 자체만으로 형성된 에너지를 통하여 자신에 삶의 질량의 변화가 일어납니다. 남이라는 관계가 부부, 친족, 친구, 형제, 동료, 동포 등의 여러 관계를, 가지므로 에너지는 세 분화되고 강하게 삶 안에 존재하는 생명력을 갖게 됩니다. 관계를 소중하게 생각하고 간직하시길 권고합니다.

존중하는 성인이 되십시오.

존중하십시오. 그리고 성인이 되십시오. 성인의 의미는 '참 사랑의 실천으로 무한하게 새로운 세상을 펼치는 삶'이며, 존중의 의미는 '하늘이 주신 사랑의 실천으로 이루어진 온전하고 무한한 하늘 사랑의 계승'이라 합니다. 우리가 서로 존중한다는 것은 성인의 삶일 것입니다. 떼 지어 살아가는 짐승 같은 반복된 변화는 존중이 아닌 숭배입니다. 성인의 삶으로 오늘도 보람으로 가득한 삶을 이루시길 기원합니다.

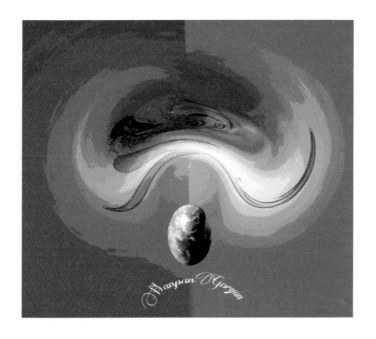

노력하는 삶

정해진 일을 향해 열심히 노력하는 삶은 행복합니다. 정해진 일을 완성할 것입니다. 그러나 정해진 일이 없다는 것은 불행할 것입니다. '정함'이란 '하늘이 준 무한한 참사랑에 생명을 불어넣음'을 의미합니다. 비록 정해지지 않는 정해진 일이라도 노력하고 감사함으로 안정된 삶이 되길 희망합니다.

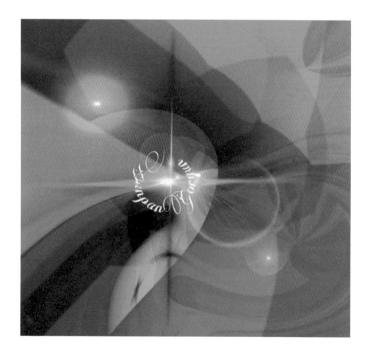

삶의 추구

우린 어느 순간 다짐의 시간을 갖습니다.'하늘의 사랑을 채워 새로운 삶의 추구'하는 소리의 의미는, '마음과 몸이 같이 하는 자연스러운 삶의 에너지로 새로워지는 삶의 각오'로 윤색해 봅니다. 다짐이 많아질수록 삶은 더더욱 깊고 바람직한 삶이 됩니다.

정을 가지고 살아갑니다.

정을 가지고 살아갑니다. '정'이란 '무한한 하늘 사랑의 진리'로 삶을 채우고 새롭게 합니다. 미운 정은 삶을 바꾸려 하지만 고운 정은 안정된 삶을 추구합니다. 정을 가지고 살아가는 것은 참으로 아름다운 일입니다. 마음과 몸 그리고 살아 존재하는 사랑의 합(정)으로 오늘도 행복하세요.

자신에게 감사하십시오.

　자신을 찾기 위해서 제일 먼저 자신에게 감사하십시오.'나'
가 나를 알고 있는 것은 나의 수조분의 하나임을 인지하면서
부터 참 나의 성장이 시작됩니다.　나날을 살아가는 나 자신
과 응원하는 당신의 아름다움이 펼쳐지는 삶의 근원인 나를
행복하게 합니다.

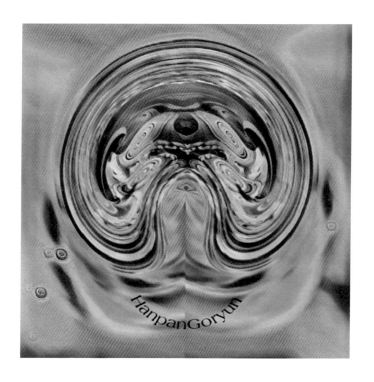

꿈은?

　꿈을 꾸면 사랑이 시작됩니다. 사랑은 삶의 원동력이고 무한한 세상을 살아가는 도구입니다. 그러므로 꿈을 가지십시오. 꿈은 음양이 동시에 작용하는 온전한 삶을 갖게 합니다. 오늘은 꿈을 꾸듯 살아가는 자신을 찾아보십시오. 그리고 행복하세요.

진리

　보이지 않는 힘이나 인지하지 못하는 생명의 작용이, 보이거나 인지하는 생명보다 무한하게 존재하며 우리들의 삶을 지배합니다. 이러한 힘과 에너지를 '진리' 즉 '하늘이 주신 사랑의 새로운 섭리'라 피력합니다. 진리를 아는 삶은 감사하는 삶과 값진 삶을 나누고 행복해합니다. 모름을 인지하는 겸손과 앎에 감사하는 시간되시길 바랍니다.

삶의 연

삶은 한 올, 한 올 이어진 천 조각 같지만, 나름의 소중함과 필연으로 엮어진 생명체입니다. 연은 바람에 흔들리며 이리 저리 우왕좌왕하는 것 같지만 지연, 혈연, 학연, 필연 등 여러 종류의 연으로 사방에 무한하고 펼쳐지는 삶의 근본입니다. 우리들의 연은 삶의 끈이며, 즐거운 인생의 도구가 되는 것입니다. 진흙탕에 피어나는 홍 연, 백 연과 풍파를 즐겨하는 꼬리연, 방패연처럼 삶의 연은 인고의 결과물입니다.

자아

자아는 본능이고 자신이며, '나'라 불리 웁니다. 부모는 하늘이고 자녀는 대지이며 나는 스승입니다. 세상은 참사랑으로 새로워지고, 서로 다름이 합하여 무한하게 변화합니다. 그대는 하늘과 대지 그리고 펼쳐지는 세상의 중심이며 살아 존재하는 생명으로, 영성을 지닌 참사랑의 신성으로 영원합니다. 나날이 감사하고, 항상 사랑하며, 즐거움으로 가득한 삶이 되소서.

삶 자체가 사람입니다.

삶 자체가 사람입니다. 삶을 살아가는 필연은 과거의 주인인 하늘같은 부모, 미래의 삶을 이어가는 자녀 그리고 현재를 살아가는 스승이 존재합니다. 우리의 부모, 자녀 그리고 스승이 존재하지 않는다면 우리는 존재하지도 않습니다. 우리의 부모, 자녀 그리고 스승은 삶 자체이며, 우리를 존재하게 하는 생명입니다. 그대가 바로 부모, 자녀 그리고 스승임을 잊지 마십시오. 그리고 과거와 현재, 미래의 에너지는 부모, 스승 그리고 자녀임을 잊지 마십시오.

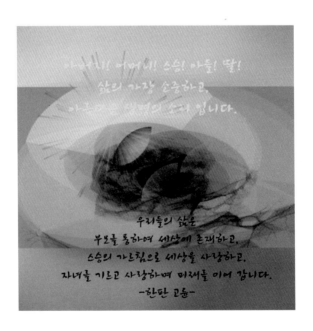

아버지! 어머니! 스승! 아들! 딸!
삶의 가장 소중하고
아름다운 생명의 소리 입니다.

우리들의 삶은
부모를 통하여 세상에 존재하고.
스승의 가르침으로 세상을 사랑하고.
자녀를 기르고 사랑하며 미래를 이어 갑니다.
-한민 고훈-

습관

습관은 '말 없는 사랑이 가득한 행동으로 형성된 에너지는 펼쳐짐의 뿌리가 됩니다.' 그러므로 습은 관을 가지지요.

보이지 않는 그리고 무심하게 반복적으로 이뤄가는 삶의 행동, 즉 습관은 삶의 근본 에너지가 되는 것입니다.

우리가 가진 습관이 진리와 지혜가 담긴 좋은 것이었으면 합니다.

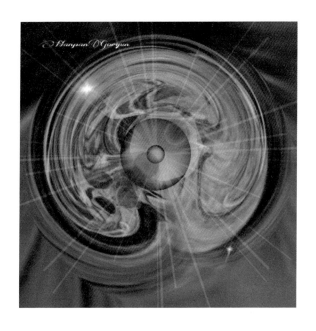

존재

몸은 정해진 삶을 살고자 하고, 마음은 평생 보이지 않는 삶을 가지며 우리의 삶 안에 존재 합니다. 몸과 맘이 서로 다르지만 함께 하며 나를 살아가는 것처럼, 사랑도 사람도 삶도 더불어 존재하는 것입니다. 다름이 공존하며 하나를 이루는 기쁨이 항상 같이하시길 기원합니다.

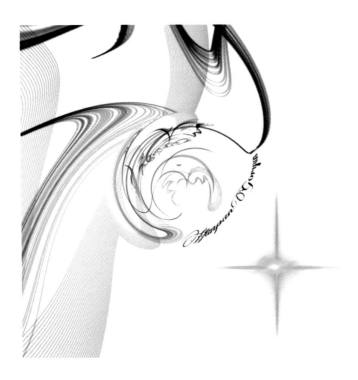

길을 갑니다.

   길을 갑니다. 누구든지 길을 갑니다. 길은 '에너지를 채워 새로운 섭리'를 우리들에게 선물합니다. 월요일:; 우리들의 꿈이 새롭게 완성되기를 희망하며, 우리가 걸어가는 길이 새롭고 즐거운 삶으로 넘치기를 기원합니다.

말 그리고 말씀

말은 보이지 않는 소리 에너지요. 말씀은 보이는 소리 그림
으로 존재합니다. 말은 마음이며 말씀은 몸과 같아 몸과 마음
의 공존과 합의 존재가 살아있는 삶의 유무를 결정하게 됩니
다. 우리의 몸과 마음이 합하여 이루는 에너지를 우리는 소리
라 합니다. 마음으로 그리고 몸으로 하는 우리들의 소리가 세
상의 생명체를 움직이는 원동력임을 잊지 마십시오.

바르게 밝게

바르게 밝게 살아갑니다.

'바르게'의 준말은 '밝게'라 할 수 있지요. 밝게 살아가는 것이 바르게 살아가는 것이지요. 즉, '실천을 근본으로 새로워지고 채워지는 에너지'를 의미하는, '밝게, 바르게'의 의미를 되새겨 봅니다. '푸른 하늘의 빛나는 태양 그리고 어두운 밤하늘의 별들처럼 끊임없이 움직이며 에너지를 발산하는 삶'은 밝게 살아가는 삶의 표준입니다. 바르고 밝은 생명의 존재로 기쁨의 삶이 되시길 기원합니다.

낮춤

낮춤이란 '스스로 주어진 하늘 사랑을 실천하여 온전한 깨달음의 삶을 가지게 된다.'라는 의미를 부여해 봅니다. 소중한 '나'의 존재를 위한 생명의 섭리가 중심이 되어 오늘도 움직입니다. 낮춤으로, 모든 삶의 즐거움의 박자에 맞추어 춤을 춥시다.

하나

하나가 되는 것은 하나인 하늘, 하나인 대지 그리고 유일한 그대 자신의 본질입니다. 모든 일은 하나로부터 시작됩니다. 그러나 하나가 되는 것은, 아주 쉬운 일인 것 같지만 복잡, 다양한 환경에 접한 현대인들에게는 너무 어려운 것이지요. 스스로가 조각난 퍼즐처럼 되어 반쪽도 채우지 못하는 경우가 많으니까요. 그래도 반쪽이 못 되는 하나라도 형성해가는 시도가 필요하지 않을까요? 하나, '모든 생명의 펼침의 부리'인 하나를 만들어 봅시다. 시작이며 살아 있으므로 존재하는 자신을 알게 될 것입니다.

걸림돌

걸림돌을 디딤돌 삼아 살아가십시오. 삶을 살다 보면 걸림
이 많습니다. 보이지 않는 무한한 변화가 존재하기 때문입니
다. 그러나 '디딤'이란 보임이 보이지 않는 걸림을 바꿀 수 있
답니다. 걸림이 보이지 않는 마음의 삶이라면, '디딤'은 보이
는 현실이기 때문입니다. 행여 삶의 걸림돌이 있다면 디딤돌
로 바꾸는 삶으로 나아가십시오. 두드림은 숨겨진 디딤의 외
적 표현의 문화이며 걸림에 대한 도전을 의미합니다.

자연

 '자연'이란, '하늘이 주신 사랑의 씨앗들이 무한하게 펼쳐짐'
을 의미합니다. 산이고 들이고, 강이나 바다 모든 자연은 원
초의 사랑을 이야기하고 들려주고 생성합니다. 저절로 이루
는 무한하고 풍성하고 두렵기까지 하는 사랑을 배우고 느껴
봅니다. 자연을 통하여 자연스러운 삶의 행복이 가득하시길
기원합니다.

나'의 의미

　나날을 살아가는 '나'의 의미는 '펼쳐짐의 근본'이지요. 나루를 떠난 배는 항상 움직임으로 목적지를 향해 갑니다. 우리의 삶도 항상 숨을 쉬는 생명으로 목적지로 향하고 있습니다. '나'로부터 시작하고, '나'로 끝나는 삶이겠지요. 그대의 삶에 여정의 주체는 바로 그대이고, 그대는 무한한 하늘과 땅 사이의 새로운 존재라 할 수 있습니다. 그대 자신인 '나'를 사랑하십시오.

겸손

겸손은 '자신이 가진 고귀함을 나누는 삶의 실천을 통하여, 스스로 사랑의 힘을 가짐'이라는 의미를 부여해 봅니다. 겸손을 통하여 사방에 보이지 않은 에너지를 발산하는 삶과 사랑의 향기가 펼쳐지는 삶이 이뤄집니다. 겸손이라는 에너지와 사랑의 향기가 세상에 펼쳐지시길 기원합니다.

아름다움

'태초의 섭리를 간직한 조화로움이 가득한 이상 세계'를 '아름다움'이라 표현합니다. 갓 난 아이의 웃음 그리고 오지의 사람들 그리고 천진난만한 근본의 삶 안에서 우리는 쉽게 아름다움을 봅니다. 그리고 핑계와 변명으로 자신을 감추려는 추한 삶을 보기도 합니다. 자신을 감추려는 추한 멋스러움보다 자신 본래의 아름다운 멋을 가진 삶이 참 좋습니다.

소유

소유는 '다섯 손가락같이 합하여 하나가 되어 무한함'의 의미를 가집니다. 요즘 사람이 사람을 소유하려는 폐륜을 봅니다. 물질도 소유될 수 없는 세상에서 사람을 소유하려 한다는 생각은 가장 어리석은 생각일 것입니다.

사람은 본디 신성한 것으로 가장 첨에 자리합니다. 사람은 소유의 대상이 아니며 함께하는 귀중한 존재의 대상입니다. 소유와 사랑은 극과 극입니다. 사람은 소유로 패륜이 되고 사랑으로 융합이 됩니다.

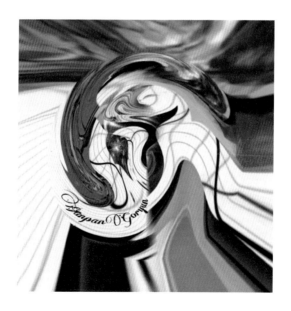

상투

    사랑을 실천하는 사람의 무한한 능력은 '만물의 영장'이라는 호칭을 가지게 합니다. 두뇌와 행동을 이어가는 외적인 표현이 동이족인 한민족의 머리 장식으로 상투와 갓(GOD)이 관계되어 있지 않을까요? Santus, Saint 거룩함을 상징하는 상투는 '서로 합하여 이루는 무한한 선택이 온전히 삶을 가지게 한다.'라는 의미를 가집니다. 마음의 상투를 틀고 거룩한 일상 안에 투구를 쓴 장군처럼 나의 오늘을 꾸며 봅시다.

사랑 그리고 성

　사랑은 '서로 같이하는 결과물의 무한'이라면, 정이란 '하늘의 섭리로 이루어진 무한'을 의미합니다. 때문에, 사랑은 서로의 노력이 필요하며, 정은 감사의 마음이 필요합니다. 사랑을 위해 노력하시는 하루 되시고, 우리들의 삶의 정에 감사드리는 하루가 되시길 기원합니다.

배려하는 마음

　배려하는 마음은 편안함을 갖게 합니다. 배려는 '끊임없이 살아 숨 쉬는 섭리'로 빛을 발합니다. 삶은 서로서로 배려하는 행동을 통하여 많은 이에게 평화를 주며, 모든 생명체의 모범이 됩니다. 배려하는 당신은 삶의 즐거움이 될 것입니다.

용기

  용기를 내십시오. 용기는 그릇과 같아서 그대의 뜻한 바를 채울 수 있는 근본입니다. 용기의 의미는 '중용의 에너지가 채워져 새롭다.'라 합니다. 용기는 '편중이 아닌 균형을 가진 에너지가 채워져 새로워지는 도구'입니다. 용기를 가진 오늘의 편안한 삶을 기원합니다.

아름다운 입

　입은 무한함이 채워진 새로운 행동을 의미합니다. 그리고 말은 삶의 근본 섭리로 입을 통하여 이뤄집니다. 아름다운 입은 깨달음으로 생명을 노래하고 참을 전하며 사랑을 속삭입니다. 오늘도 아름다운 하루되시길 기원합니다.

보고 듣고 숨 쉬고

보고, 듣고, 숨 쉬고 모두 중요한 삶의 행위를 위한 정보입니다. 이러한 정보의 CPU는 뇌와 입이 됩니다. 뇌에서 융해되어 집적된 정보를 제일 먼저 표출되는 곳은 입입니다. 즉, 뇌가 맘의 첫 생명 원, 입은 몸의 생명 원이라 할 수 있습니다. 뇌는 자연스럽게 수집된 정보를 정리하고 새로워지고, 입은 무한한 새로운 행동을 가지게 됩니다. 보고 듣고 숨 쉬고 느끼고 말하는 이 모든 것에 항상 감사하고 소중하게 함으로 삶의 풍요를 가질 수 있습니다.

HanpanGoryun

소리를 듣습니다.

소리를 듣습니다. 개방된 귀는 모든 소리를 듣습니다. 귀는 보이지 않는 소리 에너지를 분석하고 새로운 삶을 느끼게 합니다. 삶의 영육이 듣는 소리 에너지를 통하여 변화되고 있는 것입니다. 귀 기울여 소리를 선택하며 삶을 살아가면, 그대는 원하는 그대의 꿈을 펼쳐지는 행운을 만날 수 있을 것입니다. 끊임없는 정보를 제공하며 삶을 같이하는 우리들의 귀한 귀는 참 대단합니다.

봅니다

봅니다. 동그라미 세모 네모. 보고 또 보면, 마음도 보이고, 소리도 보입니다. 희로애락에 오욕. 생사고락. 남녀노소 빈부귀천, 눈을 감았다 떴다 하는 이유가 있으니, 아하! 오후! 어여! 이야호! 가을의 그대 눈은 단풍으로 물든 천지 합일의 온전하고 무한한 자신의 아름다운 몸과 마음을 오가며 평안을 보게 될 것입니다. 눈을 감고보고, 눈을 뜨고보는 융합의 세계가 그대를 기다립니다. 참 좋습니다.

아하

아하, '보이는 것과 보이지 않는 것의 근본'을 의미합니다. 무언가를 깨달음을 얻으면, '아하'라는 소리가 절로 나오지요. 우리 글, 우리말은 − 소리를 바탕으로 하는 그림이며, 삶의 섭리임을 인지하여야 할 것입니다. '아하'~~~~하는 소리가 반복될 때마다 즐거움이 증가할 것입니다.

야호

　어린 시절, 산 정상에 올라 '야호' 하고 소리치고 들려오는 메아리 소리를 추억합니다. 서로가 호흡하며 안정된 생명을 노래하는 것이지요. '아'라는 소리는 근본의 소리로 모든 인류가 처음으로 내는 소리로 삶 안에 존재하는 것처럼 '야호'는 '삶의 생명 존중'을 담고 있는 구호인, 것이지요. 산 정상에서 옛 선지자들이 '야훼'를 부르듯이, 누구나 어린 시절 외치던 '야호'를 외쳐 봅시다. "모든 생명은 소중합니다." --조그마한 메아리가 세상을 아름답게 할 것입니다.

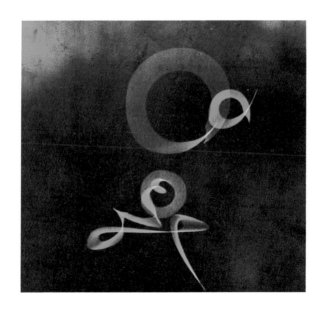

얼굴

　온전한 에너지의 섭리로 삶의 섭리를 표출'하는 '얼굴'은 보고, 듣고, 숨 쉬고 말하는 일곱 개의 굴을 가집니다. 예전 스승님이 '얼을 담은 그릇이 얼굴'이라 했는데, 얼은 '하늘과 대지, 그리고 삶의 무한한 공존의 섭리'를 말합니다. 굴은 겉으로는 일곱 이지만 서로 하나로 연결되어 있습니다. 보고, 듣고, 숨 쉬고 말하는 모든 삶은 하나로 합하여 생명체의 존재성을 가집니다. 거울에 비추어진 당신의 얼굴을 통하여 삶의 목표를 향하는 시간되시길 기원합니다.

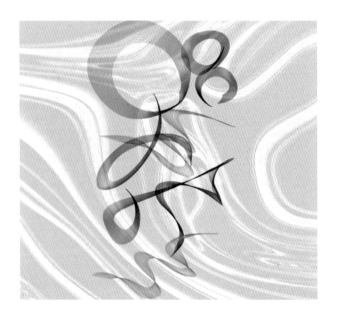

인생

　인생은 '무한한 이상이 채워지고 새롭게 펼쳐지는 영원한 사랑의 꿈'의 의미를 부여해 봅니다. 삶이 사랑의 섭리를 뿌리로 하는 삶이니, 인생은 무한하고 영원한 꿈 같은 사랑이랍니다. 우리들의 인생이 즐거운 보람의 기쁨이 되었으면 좋겠습니다.

광복

광복은 '빛을 찾다'의 의미입니다. '잃어버린 빛을 찾음'을 기념하는 광복절! "빛"이란 '삶의 실천을 통하여 새로운 깨달음으로 형성됨'을 의미합니다. 또한 광복의 의미는 '삶의 실천을 통한 안정된 에너지로 무한한 세상의 뿌리를 이룸'입니다. '그대는 배달(빛)민족', 즉 천손으로 가장 아름다운 세상의 빛입니다.

영원한 생명

해는 영원한 생명을 발산하는 태양, 끊임없이 일렁이는 바다, 그리고 일 년 삼백육십오 일를 말하며 우리 삶에 존재합니다. 삶의 이해는 새로운 희망을, 삶의 오해는 미움을 가지게 함으로, 이해는 생명이 넘치는 생명력으로 새롭고 무한한 삶을 살게 하고, 오해는 멈춰진 생명력으로 헛된 꿈으로 갇혀실 게 합니다. 거센 비바람의 뒤편으로 오늘도 존재하는 해를 바라봅니다.

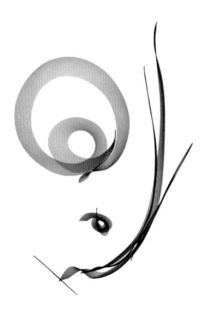

주인

주인, 쥔, 제우스[Jeus]의 의미는 '온전한 하늘 사랑의 무한한 삶을 새롭게 펼쳐감'을 말합니다. 그러므로 주인은 하늘의 사랑에 감사하고, 맡겨진 모든 것을 무한하고 새롭게 성장하도록 행하여야 할 것입니다. 주어진 삶의 주인으로서의 참 준걸의 삶을 기대합니다. 오늘의 삶의 주인인 그대는 현재를 사랑하는 삶의 영웅이랍니다.

올림과 내림

올림은 '좌정 된 섭리를 가진 섭리에 의한 새로운 삶'라면, 내림은 '지속되어 펼쳐지는 섭리에 의한 새로운 삶.'이라 합니다. 내림이 흘러가는 데로, 살아가는 쉬움이 있다면, 올림은 고집스러운 어려움을 내재하고 있습니다. 올림이 있다면 내림이 기다리고, 내림이 있다면 올림이 기다립니다. 항상 주고받는 호흡처럼, 균형 있는 올림과 내림의 균형을 가진 삶을 권고해 봅니다. 올라가기만 하면 내려올 때 많이 다칠 수도 있답니다.

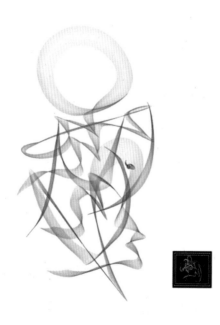

아리랑

아리랑-, 아라리요-, 세상의 많은 사람들이 부르는 노래,
'아'는 희로애락 애 오욕, 많은 삶의 소리 표현의 처음입니다.
'A' is the initial sound in the world. 새들의 알이 그러하고,
아이가 그러하고, 앎이 그러하고, 앙이 그러하고, 안이 그러
하고, 암이 그러하고, 그러하니 아하'-'아'는 무한한 삶을 향
한 뿌리이니, 아리랑은 무한한 섭리를 노래합니다.

중용의 힘

'교'의 의미는 '에너지의 중용'입니다. 다시 말한다면 '중용의 힘'을 의미합니다. 교육 그리고 종교는 모든 면에서 치우치지 않는 중용과 함께, 교육은 무한한 에너지를 갖게 하고, 종교는 하늘의 무한한 섭리를 갖게 합니다. 중용은 '숨겨진 하늘의 무한한 사랑'을 완성하게 합니다. 중용은 우리들의 삶을 위한 중요한 용도로 존재합니다.

신합으로, 시나브로

서로 다름이 채워져 합하는 새로워지는 생명의 본질을 '신합'으로 의미를 부여해 봅니다. 그저 섭리대로 가는 신작로 같은 시나브로가 삶의 항상 새롭고 끝없는 시간의 저력입니다. 신과 합하여 신통하게, 신기하게, 신바람 나게, 신선하게, 신발을 신고, 신세계를 향해, 신비로운 삶으로 신나게 살아 봅시다. 신합으로…

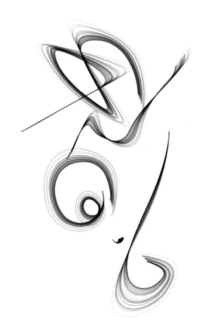

나늘이

스스로 천지 합일의 섭리 안에 젖어 채워지는 새로워짐을
의미합니다.

삶은 에너지 안에 존재하는 것처럼 잠시 세상 안에 나를 찾
아 나서는 것을 나들이라 할 수 있습니다. 삶의 풍요와 자신
을 채우는 나들이가 참 고맙습니다.

숨

　안 밖 사랑과 미움, 흑백, 승패, 남여, 노소, 빈부, 귀천 서로 상극된 삶의 존재에서 생명으로 이끌어가는 것은 숨이랍니다. '숨이란 온전한 사랑으로 이루어진 생명 자체입니다.' 숨은 생명의 활동으로 들숨과 날숨으로 매 분 18-19의 균형을 유지하며 삶을 즐거운 아름다움을 선물합니다.

현충

　현충은 '모든 생명을 존중하는, 온전하고 한없는 깨달음의 내재'에 의한 아름다운 희생으로 이루어집니다. 흔하지 않은 슬픈 사랑과 함께 감사하는 하루를 보냈습니다. 슬픔이란 '잔잔한 사랑과 평안한 삶'으로 순수한 내적인 아름다움을 간직합니다. 무한한 깨달음으로 존재하는 보이지 않는 모든 삶에 감사드립니다.

슬기

슬기를 가지고 살아갑니다. 슬기는 '서로 다르지만 합하여 넘치는 사랑의 섭리로 새로운 에너지를 형성'하는 의미로, 지혜를 가진 삶의 아름다운 에너지를 말합니다. Wisdoms! It's for you with LOVE.

사람이 되라.

"사람이 되라." "살롬"의 의미를 되새겨 봅니다. 산은 사랑의 근본을 펼치고, 들은 천지 합일의 섭리가 넘치며, 강은 무한한 에너지를 담고 있습니다. 사람은 '사랑의 근본 섭리를 살아가는 존재'로 서로서로 합하여 세상사를 해결하는 삶을 살아갑니다. 때문에, 사람은 짐승에 비하면 힘도 약하고, 작은 생명체에 속하지만, '만물의 영장' '사회적 동물', 우리는 이렇게 여러 가지 존귀한 별칭으로 불리 우며, 세상 삶의 주인인 사람입니다.

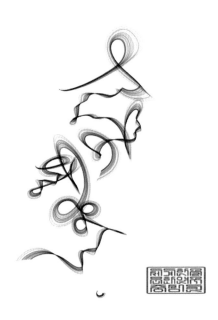

춤

춤은 온전한 깨달음의 삶의 표현이며, 숨은 온전한 사랑의 삶의 표현이고, 줌은 온전한 하늘 사랑의 삶의 표현입니다. 숨 쉬는 것처럼, 주어지는 삶의 아름다운 추임새, '아하-오호' 함께하는 봄의 왈츠에 몸을 싣고 흥겨운 오늘을 기대합니다.

바람이 붑니다.

　바람이 붑니다. 삶의 바람이 모이고 모여서, 대지 위에 '봄'을 주려고 바람이 붑니다. 바람은 마음 깊은 곳에서 일어나 온몸으로 전해집니다. 바람의 마음이 소원을 이루듯이 봄바람은 대지 위에 생명을 불어넣어 봄을 완성하여 갑니다. 삶의 바람과 그대의 바람이 합하여 참 아름다운 삶이 이뤄지길 기원합니다.

관심

　관심을 가지십시오. 세상을 바꾸어가는 삶은 안정된 서로
의 합의 에너지를 근본으로 합니다. 무관심은 스스로를 무덤
덤; 무덤으로 향하는 죽어있는 삶을 초래합니다. 한정된 삶의
보람은 관심으로 시작되는 것입니다. 그대의 관심은 세상을
바꾸어가는 무한한 삶의 원동력이며 우리가 같이하는 관심은
세상을 풍요롭게 합니다.

매듭

'매듭'이란 '하늘과 땅 사이에서 형성되는 끊임없는 활동'을 의미합니다. 육적이든 영적이든 세상사는 매듭 풀이를 숙제로 살아가는 것 같습니다. 매듭을 풀고 매는 반복의 삶이 인생이라.

'여유와 조용함 그리고 분주함과 시끄러움'이 윤회하는 매듭은, '스스로'라는 서로의 믿음, 희망, 사랑의 행위를 통하여 풀어집니다.

유무

  온전한 삶의 추구를 '무', 무한한 이상의 추구를 '유'라 합니다.   다시 말하면 우리들의 마음은 유무가 동시에 추구되고 있습니다. 유무의 중용은 무한 삶의 축이 되어 균형을 이룹니다. 균형 있는 삶은 중용의 삶입니다.

이름

  존재하는 모든 삶에는 목표, 용도 혹은 희망의 에너지를 담은 '이름'을 가지고 있습니다. '이름'은 무한한 삶을 향하는 섭리 안에서 새로운 세상을 만들어가는 근원이 됩니다. 사람으로 불리며 살아가는 우리는 사랑의 섭리를 통하여 자신을 완성하고 삶을 채워갑니다. 이름은 이루는 것이고 ILLUM은 빛입니다. 지금도 그대의 이름은 빛을 발하고 있습니다.

상생

  상생'의 의미는 '사랑을 근본으로 한 무한함(상); 영원한 사랑의 무한함(생)의 표출'입니다. 서로 다른 상황의 합으로 이루는 생명력을 가진 사람이 가지는 상생은, 삶의 도리요, 힘이며 성장하는 생명의 뿌리입니다.

부록

글은 '마음의 에너지가 넘쳐흐르는 섭리'를 담아 존재합니다. 존재는 '하늘의 사랑으로 영원한 공유'를 말합니다. 나 역시 글과 더불어 자신으로 존재하고져 합니다.

나는 '소리'라는 '세상, 생명, 선택, 마음 그리고 순결이라는 바탕 위에 하늘과 대지의 새로운 합체'로 나의 날인 나날을 위한 생명체로 삶을 살아오고 있습니다.

하늘 사랑이 존재하고 참 삶이 펼쳐지는 생명의 대지 위에, 참 하늘의 사랑이 존재하는 고을에 '응아~응아~응아~'라는 소리와 함께 삶을 시작 했습니다. 그리고 흐르고 흘러 지금이라는 존재를 살아가고 있습니다.

이제 과거라는 에너지와 현재라는 에너지 그리고 영원한 새로운 삶의 미래를 그려보며 즐거움을 갖고 저 합니다.

그리움으로 온전한 꿈을 그리며 마음을 태초라는 시간의 시작에 옮겨 봅니다. 마음 깊이 흐르고 흐르는 에너지는 새로운 삶을 향해 시간이라는 끊임없는 생명을 이어가며 움직이기 시작합니다. 생명의 뿌리가 존재하며 생성되는 하늘 그리고 생명을 받아 쉼 없이 진화하는 대지는 참 아름다운 자연의 모습을 가지고 사람과 더불어 같이하고 있습니다.

우주 안에서 조그마한 소리는 길고 긴 여행을 끝내고 지구라는 곳에 도착하여 태초라는 시간과 하늘과 땅이라는 한정된 삶 안에 생명을 만들고 성장하고 진화하게 됩니다.

소리가 형태를 갖추어 생명을 이어가듯이 소리를 그려내는 소리그림; 즉 소리글이, 삶의 주체인 사람의 마음을 이어주고 기록되어 자신의 역사를 이어가는 자연스러운 생명처럼 사람과 더불어 존재하게 됩니다.

소리는 시간을 이어가고 무생물과 생물을 이어가며 무수한 형태와 형질 그리고 형상에 관여하는 것입니다. 그 원천이기에 '태초에 하느님이 하늘과 땅을 창조하셨다.'라 시작되는 성경 내에서 "~~~~말씀하시니 그대로 되었다……." 창조에 대한 모든 것은 소리로 이루어졌음을 주목해 볼 만합니다.

소리는 중심에서 사방으로 이어가는 파동을 갖게 됩니다. 사람으로 비유하여 피력한다면; 중심이라는 뇌파를 중심으로 입을 통하여 말하고 귀를 통하여 들으며 호흡기를 통하여 생명을 유지하게 됩니다. 마치 컴퓨터의 CPU(central proceeding unit)와 같은 머리 부분이 몸이라는 최소 단위의 형태 형질 그리고 형상으로 이루어지진 작은 단위의 사람을 만들고 이를 사회적 동물이라는 말처럼 생명체로 존재하며 모든 삶을 구성하는 것이지요.

소리의 발달된 전달매체로 소리를 그리는데 이를 소리 그림;

소리글이라 합니다. 알파벳과 한글이 내표적인 소리글자입니다.

　나는 우연인지 필연인지 소리를 인지하고 가장 소외된 우리
글; 한글을 사랑하는 삶이 되고, 나의 삶을 정리하고 싶은 마음
에 나의 인생을 그려보고 싶었습니다. 이제 마음대로 나의 인생
을 추억을 글이라는 매체를 통하여 그려봅니다.

사람은 음양의 합으로 자궁 안에서 삶을 통해 태어나게
됩니다. (얼나)

'오' 와 '오'는 합하여 십을 이룹니다. '오'란 영원하게 내재된 삶
의 기본 단위로 존재합니다. 소리 역시 '음 아 어 이 우'라는 '오'
음을 기반으로 합니다. 동양학의 소리는 '궁 상 각 치 우', 서양의
소리는 '레 미파 솔 라 시도'의 오음으로 존재하는 기본을 알려주
고 있습니다. '오메가' '옴'이라는 소리 역시 삶의 지표로 우리 곁
에서 사용되고 있습니다. 우연하지만 '오'는 오행으로 '화 수 목
금 토'의 움직임을 갖게 되는 것이며 하루를 반으로 나누듯이 반
음인 음양의 에너지로 삶을 완성하게 되는데 바로 십진법이 되는
것입니다. 부호의 표시는 '+'으로 기계어의 '1"0'로 표시되면 음
양의 합의 기초 에너지로 전해 옵니다. 또한 새로운 생명체를 형
성하여 새로운 '오'를 창조하게 되는 것이지요. '십'으로 형성된
'오'는 음양의 지배를 받게 되는데 '미파 시도'의 반음의 불안하지
만 존재하는 두(2) 음과 함께 칠(7) 음을 형성하며 동서남북(7*4)
그리고 지속되는 십의 영향력(7*4*10)으로 280일 후 새로운 '오'
를 만들고 (2*4*10)의 휴먼의 고요함 속에 다음을 준비하게 됩
니다.

이러한 현상은 대지라는 가나안(갓난) 땅의 소유가 되는 것
이지요. 음과 양은 서로 강하게 당겨주는 힘으로 존재하다가
(7+7)14, 동화의 힘인 (7*7)49가 되며 소멸하게 됩니다.

합은 음양의 무한한 오의 행동을 의미하며, 가군은 하늘 사랑의 기본적인 내재된 무한 에너지를 의미합니다.

'궁'은 무한한 온전 내재된 에너지 이며, '상'은 사랑은 표출된 무한한 사랑 에너지의 뿌리이고, '각'은 무형의 에너지의 근본이며, '치'는 하늘의 사랑을 깨달은 새로움이고, '우'는 내재된 온전한 꿈을 의미합니다. 궁상각치우=음아어이우로 이해를 더하시길 바랍니다.

'칠'은 깨달음을 통하여 형성되는 섭리로 온전 수에 해당되며 G round 의 첫 음가의 에너지를 동반합니다. 하늘의 사랑으로 이루어진 세상을 대지라 부르는 소리의 연유로 생각됩니다.

'옻'이란 −소도 개마 걸안 류연 모돈−의 오행과 음양으로 구분되어 개체의 양 합을 이루는 '칠−사', 즉 고정된 진리 안에 형성되는 28수에 의하여 이루는 중심의 존재를 가르치고 있습니다. 7+7=女 7+7=男의 합과 28일의 날 수와 십의 곱수는 280일의 궁생과 80일의 궁휴를 통한 360의 아이의 태동기를 그려내고 있습니다. 이를 생리주기 임신기간으로 표현하는데 실은 대지의 가장 우수한 인간의 주요 구성 요소를 깨닫게 하고 대지를 설명하기도 합니다.

'멍'이란 천지인의 합으로 형성되는 무한함을 말합니다, 개가 멍멍 짖어대는 것처럼 천 지 인 각 개체가 아닌 합으로 이루는 참을 말합니다. 참은 깨달은 삶의 근원으로 살아가는 인간의 본질을 말하는 것이겠지요.

이를 계기로 사람은 구멍을 가지고 있는데 음으로 (손발의 4 유두 2 배꼽 1 회음 1 명치 1) 양으로 (눈 2 귀 2 귀 2 입 1 항문 1 요도 1)로 아홉 개씩의 멍을 가지고 있습니다. 멍은 조화를 이루어 에너지를 형성하며 뇌파를 자극함으로 행동하고 이루며 삶을 채워가게 됩니다.

'알'은 원초적인 무한을 향한 섭리를 말하는데 이는 가장 원초적인 근본 섭리로 자궁 안에 존재하는 생명의 본체로 자연스러운 무한 에너지의 온전한 성장을 유도하는 것입니다. 알은 앎을 유도하고 앎은 세상을 가꾸어가며 '아리랑'은 섭리를 유도하며 모든 삶의 첫소리인 '아'를 깨닫게 합니다.

'합'은 생명을 위한 근본 행위로 '하하 호호'의 생명체의 주고받음의 행위를 말 합니다. 서로 다른 생명체의 어울림을 통하여 이뤄가는 아름다운 행위로 새로운 생명을 이루어가는 형상을 '합'이라 하는 것이지요.

아이(애)는 처음부터 끝까지 무한한 꿈을 향해 삶을 시작합니다. 'I'는 'A'로 세상의 씨앗으로 '나'라는 독립의 개체로 흐르는 강의 언저리 '나루터'에서 '나날'이라는 시간 안에서 강물 위에 던져진 나무 잎이 되어 삶이라는 사람을 살아가게 됩니다.

'**스스로**'라는 삶이 아닌 '저절로'라는 삶의 표현이 옳은 것일 것입니다. 자연이라는 커다란 인연 안에서 형성되는 삶을 이제야 겨우 알 것 같습니다. 부모의 선택도 태어 난 장소 그리고 시간의 선택도 없이 생명은 없어지고 생기기도 하는 것이 사실입니다. 태초라는 시간의 시작과 하늘이라는 존재의 시작이라는 시작을 통하여 천지라는 공간 안에서 살아가는 '나'가 존재하는 것입니다.

'**팔자**'라 하는 말은 시간을 말하니 '계사을묘경진임오'라는 '사주'라는 삶의 테두리를 말하는 것이리라. 기실은 팔자는 '하늘이 원하는 것은 편안함이요', 사주는 '하늘을 닮은 것은 사랑이라'할 것입니다. 그러니 하늘이라는 것이 생명의 근원이요., 현존하여 미래로 향하는 섭리로 가득한 것입니다.

'**부모**'−아비는 자손을 위해 존재하고 어미는 자손을 길러 새로운 삶을 주는 것이리라. 존재는 하늘의 사랑으로 살아가지만 기름과 주어짐은 자신을 내어주고 하늘을 품어 사랑을 이어감일 것이니, 아비는 열심히 일하지만 어미는 세상을 받아주고 기르고 이어가는 삶 자체인 것입니다.

알이 하늘의 강을 따라 수정이 되어 빛난다.

조그마한 초승달 그리고 반쪽짜리 상현달.

상현달은 채워져 둥글고 밝고 밝은 보름달.

보름달은 비워지고 비워져 반쪽짜리 하현달.

하현달은 비워지고 비워져 조그마한 그믐달.

숨겨진 밤은 스무 여드레를 거듭 거듭하고,

이렇게 열 번을 반복하여 암흑을 벗어나니,

알은 두려움과 새로움에 새 날을 맞이한다.

이제 달을 벗어나 해를 보며 수를 셀 것이다.

해는 '갑을병정무기경신임계' 열의 해를 세고,

'자축인묘진사오미신유술해' 쉼을 더해 십을 센다.

상현의 셈은 한 갑자로 60을 채워 환갑이라 하고,

다시 하현의 셈은 더 한 갑자로 120이라 환생이라 한다.

'**달**'은 천지합일의 뿌리를 가진 섭리를 담고 어두움을 비추고, '해'는 영원한 생명을 발하며 밝음을 유지합니다.

'**관계**'는 고정되어짐의 부리 위에 형성되는 에너지로 채워지고 새로워지는 관계라는 진리 안에서 존속합니다. 즉, 모든 것은 관계라는 하늘의 섭리를 벗어 날 수 없는 것이랍니다. 관계라는 에너지는, 기적을 형성하는 것이 아닌 심신의 합일로 이루는 편안한 자연현상입니다.

'이름'이란 모든 삶의 공유꿈으로 모아 부르고 개체로 부르기도 합니다. 이름은 이르기를 원하는 희망이 담겨져 있으며, 꿈을 채워 새로운 섭리로 존재하는 삶의 에너지를 동반합니다. 그럼으로 소리라는 오행의 사랑 에너지를 삶의 섭리로 새로워지는 것입니다. 사람은 태중에 태명, 아이의 아명, 스승이 부르는 호명, 그리고 스스로 부르는 자명 그리고 활동자를 위한 별명의 이름을 가지며 삶을 영위해 간다.

맛은 삶을 사랑하는 근본이며, 멋은 참 삶의 사랑을 행하는 근본이다. 삶은 맘의 표출로 몸이 받아서 행동으로 나타내는 첫 사랑의 섭리이다.

누구나 자연스러움으로

응아 라는 소리로 세상을 열고

당신이라는 관계로 사랑을 채워가며

움직이고 깨달아 삶을 비워지는 배우고

은은하고 향기로운 섭리를 느끼고 감사하며

이제는 새로운 하늘의 사랑을 즐겁게 노래하고파

두 눈을 감고 두 귀를 닫고 숨을 죽이고 입을 닫는다.

모든 것은 자아를 시작하여 자중으로 그리고 나날의 삶에게

헤아릴 수 없고 무한한 생이라는 존재 안에서 영원한 휘 바람

이 되리라.

아이

아름다운 사랑으로
야단법석 서로를 밀고 당기는 합으로
어머님 뱃속에서 꿈틀거리다 세상의 빛을 보고
여리고 여린 조그마한 몸짓으로
오늘이라는 세뇌되어 펼쳐진 세상을 바라본다

요구되는 본능이라는 욕심 안에서 숨을 머금고
울이라는 제한된 공간의 답답함에 발버둥치고
유유히 흘러가는 세월이라는 쉼 없는 시간 위에서
의미를 가진 반복의 새로운 삶 안에서 꿈을 꾸며
이 아름다운 세상에서 아이는 울고 웃는다.

회초리

어린 시절, 부모님- 스승님의 회초리
고뇌와 사랑이 깃들어진 아름다운 추억
서로를 이어가며 나누는 종아리의 기적
안정된 삶을 위하여 내려치는 하나~~~
깨달음을 간직하라 내리치는 두우울~~
새로운 섭리를 준비하는 삶의 소리 셋~
부모님은 삶의 온전한 실천과 안정된 삶
스승님은 서로 도와 형성되는 사랑의 합
아픔은 근본을 소중하게 하는 넘치는 삶
하나 둘 셋 회초리 소리 아픈 사랑이어라.

참진일

깨달음은 시간을 깨우고
참진일은 섭리를 알린다
지아비는 삶을 준비하고
지어미는 안팎을 살핀디.

참한 삶은 생명을 돋우고
진한 삶은 변화를 알리고
섭리는 무한을 노래한다.
삶은 참 아름다운 일이라.

봄 꽃은 새로이 단장하고
개구리 합창은 진진하고
새들은 창공을 비행한다.
아이는 미소로 행복하다.

에너지는 참 빛을 발하고
하늘의 사랑은 펼쳐진다.
돌아온 지아비 노래하고
흥겨운 지어미 춤을 춘다.

사랑

하하호호 동그란 어여쁜 얼굴, 손 내미니, 가슴은 두근거리고 눈으로 나, 너를 드러내 보이고, 숨결로 나, 너를 느끼고 숨쉬며 들음이 나, 너를 황홀하게 한다.

모든 것 하나의 인연으로 이어져, 입을 열어 말한다. 사랑 합니다.''감사합니다.' '고맙습니다.'

서로 다르지만 하늘의 도움을 얻어, 자석의 끌고 당기는 자오선 안에서 밝고 어두운 나날의 삶을 살아가네.

서로가 하나를 향하는 삶이 있어, 미지의 힘이 하늘과 대지를 감싸고 해돋이와 노을의 아름다움을 노래한다.

찰라 (깨달아 흐르는 감사)

그대와 나만의 차오른 숨을 토하고
오로지 심장 박동의 소리를 듣는다.
눈은 허공으로 그댈 그리워하고
귀는 다정한 그대 음성을 담아간다.

삶은 서로서로 존재로 시작되어지고
존재는 하늘의 화합으로 빛을 발한다.
만나면 무수하지만 두근거리는 만남
온 삶에 한번이라도 고마운 추억 들

잠시라도 서로 공유한 우주의 신비에
머리 숙여 값 싼 눈물로 감사를 전한다.
정해진 시간 그리 아름다운 순간을
어렴풋이 느껴진 깨달음으로 합한다.

배움

끊임없이 물 위를 움직이는 배
온전한 이상을 향하는 우리들의 삶
쉴 틈 없는 수많은 삶의 연속성
생명의 숨은 영원한 요구들의 윤회
나는 물결을 따라 떠도는 배 안에서
바람을 비움과 채움으로 이어간다.

바라보니 참 좋다

바라보고 서로서로 참 좋아라.
보임이 보이지 않음을 축복하고
보이지 않음이 보임을 축복한다.
보임은 무한한 새로움을 향하는
실천의 첫 관문의 삶을 사는 것.
눈이 없어도 보여지는 삶의 존재
심신이 합한 눈이 새로움을 보고
스스로를 바라보는 좋은 오늘이어라

바람이 분다.

산에도, 들에도
나의 몸과 마음에도
따뜻하고 시원한 설레임의 바람이 분다.
춥고 세찬 고통의 바람이 분다.

그 안에 소리가 있어
들리고 안 들리고 크고 작은 여러 소리가 어우러져
몸도 마음도 휩쓸려가는 삶을 감지하고 눈을 감는다.
깊어가는 소리가 온 삶을 꿰뚫는구나.

바람이 분다.
하늘도, 대지도
삶의 과거와 미래에도
서로를 이어가는 바람이 분다.
아름다운 소리가 생명의 바람이어라.

봄

따스한 햇살, 얼어붙은 대지를 해동하고
갇혔던 열정, 굳어버린 하늘로 솟구친다.
차디찬 바람, 움추렸던 초목을 두드리고
깨어난 대지, 어미처럼 모두를 껴안는다.
흐르는 물은, 새와함께 입벌려 노래하고
찾아온 봄은, 삶들에게 보라하고 소리친다.
아이야 나는, 아름다운 봄 꽃을 보았단다,
아해야 너는, 아지랑이 봄 향을 보려무나.

할미의 오행 체조

하늘을 보고 쭈쭈 주주
대지를 보고 도리 도리
서로를 보고 까꿍 자궁
자아를 보고 하하 호호
세상을 향해 자암 자암

스스로

사랑 넘친다. 사랑이 넘친다.

봄바람이 분다. 삶의 바람이 분다.

섭리가 되고 사랑이 되어 바람이 분다.

생사가 오고가는 사랑이 참 생명을 바라고

흐르는 눈물이 가슴을 메우고 전율로 흐른다.

스스로 스스로를 찾아가는 삶이 참 아름답구나.

삶의 오감이 살아서 사랑을 전함이 존재하는

수많은 삶에 참 평화와 참 위로가 되었음하고

두손을 모아 무한한 감사와 바람의 기도를 이어간다.

하늘은 생명의 쪽빛으로 어우러져 펼쳐져 보이고

대지는 하늘의 벗으로 황토 빛의 생명을 담고

나는야 참 하늘 사랑을 노래하는 소리로구나.

빛

깨달음으로 깨어 하늘을 보니
무한한 시간 안에 나가 있고
충만한 생명이 감사하는구나.

하늘 에너지, 대지 위에 펼쳐지고
하늘 땅 더불어 합한 세월이여
삶은 하늘가 대지의 사랑되어
살아 움직이는 아름다운 빛이라.
음에서 눈을 뜨면 양이되어
오고가는 사랑이 가득 하구나
밤과 날 사이, 환하게 빛나고
날과 밤 사이, 포근이 감싸니
하늘주신 사랑 그대로 좋구나
하늘 사랑 깨달으니 한 날이어라.

서로 다르다하여 등 돌리지 말고
서로 이해하며 같은 삶의 존재함에 기뻐한다.
남녀 노소 빈부 귀천 주야 희노 애락 승패 흑백
서로 다르지만 존재하는 모든 것, 우리들의 삶이라.
죽음과 삶 합하여 하나의 빛을 이루니
사람이요 사랑이요 삶이라.
등 대지 말고 마주보고 미소 짓는다면
정다운 아름다운 사랑이 시작이어라.

알피요 오메사라

아범과 어멈의 사랑으로 세상에 나와 사랑은 자랑이 되고 삶이 되어 무리를 이루고 한 숨을 쉬어가며 기쁨과 슬픔의 윤회 안에서 영원한 하늘과 대지의 사이 길을 걸어갑니다.

호호'하고 웃는 여인이 참 아름답습니다. 여인들 모여서 입을 가리며 '호호' 웃으며, 정담을 나누는……. 한 생을 잘 보내신 어르신들의 호호백발……. 가가 호호, 호인, 호형호제……. '호'라 하는 소리는 안정된 생명 추구의 소리로 사용됩니다. 그대의 삶 안에 '호'라는 소리가 많을수록 아름답지 않을까 ?

오늘 하루

오늘 살아 깨달음을 채워 새롭구나.
오늘 죽어 깨달음을 채워 새롭구나.
아침에는 갓 솟은 새싹처럼,
점심에는 아름다운 꽃송이처럼,
저녁에는 풍성한 열매처럼,
밤에는 멈춤이라는 생사 안에,
하루하루 더하고 또 더하고,
반복되는 삶의 변화가 쌓여,
오늘의 나를 이루고 있구나.
아이는 어른이 되고 싶어 하고,
어른은 아이가 되고 싶어 함은 삶의 욕심이라.
변하지 않는 하루는 보이지 않는 섭리의 존재이리라.

무제

채워진 삶의 노고를
하늘은 구름으로 만들고
지나간 삶의 먼지를
하늘은 바람으로 날리네

채워진 삶은 무상하고
구름은 세월따라 흐르고
지나간 삶의 시간은
다시 오지않는 나의 흔적들

구름은 바람에 흐르고
바람은 이리저리 흔들린다.
구름에 채워진 출렁이는 물들이
넘치고 날려 대지를 적시는가?

태양은 그 자리에 있는데
내 자신은 시간의 배를 타고
길고 긴 시간 여행의 주인으로
오늘은 봄 비 내리는 삶에 있구나.

참새

하늘의 영원한 사랑을 노래한다.
살고 죽어지고 열심한 부리의 쪼임
삶은 합해지고 헤어지고 그대로인 걸
눈이 쌓인 나무 가지 위에서
두 눈을 굴리고 굴리며
원망 아닌 삶의 절규를 노래 하는구나.
깨달은 바, 지속되는 사랑이라.
모두가 그대로인 걸
사랑이 삶이고 삶은 사람의 원이라.
살고 죽고 살고 죽고 . …
한 해가 가고 있다.

차

깨달음의 부리인가
새 싹을 어루어 만지어
불 위에 거듭 거듭 궁글리고
후우후 불어 내 속 내음 깃들어
한 방울 한 방울 뜨거운 자연을 싣고
눈으로는 가느다란 흔들림의 자태를,
귀로는 아주 적은 움직임의 소리를,
숨소리와 같이하는 그윽한 향기를 담은
혀 끝의 오묘한 자극의 올가니즘.

입술로 차 한 잎 머금으니
"아" 하는 심신이 합하는 소리!

정성

하늘도 대지도 사람도
하늘 사랑이 무한하다.
서로 서로 사랑의 신비

하늘은 생명의 참 섭리
대자는 상하의 참 존중
사람은 좌우의 참 도움

섭리는 사람의 참 사랑
존중은 하늘의 참 사랑
도움은 대지의 참 사랑

천은 사랑의 옷이 되고
지혜는 삶의 거름 되고
인연은 생명의 영원함.

아침

삶을 첨을 시작하는 아침입니다
길고 찬 밤을 지나 해를 바라보며
쉼과 깨달음에 도리 도리 짓을 하고
기지개를 동반한 삶의 주주를 벗고
감사하는 심신으로 젬젬을 하여보는
아침입니다. 아침입니다. 아침입니다.

식성과 신성이 몸을 가지고 노닐고,

심성과 실성이 맘을 가지고 노나니,

아하! 삶은 본디 왔다 갔다 한단가.

아하! 몸도 그리 가만 있지 못한가.

오후! 맘도 그리 갈팡질팡 허어 참.

몸, 맘, 서로 짜고 버티니 허어 참.

창을 하고 춤을 추어 털어 버릴거다.

사람이라 사랑이라 새로움이로구나.

한판 고륜, 한판 고륜, 한판 고륜

세상
세상은 사람과 사람으로 묶여 새로워지고 그 안에 사람의 뿌리가
이어집니다.

사람
사람은 서로 다르지만 합하여 조그마한 생명을 창조해 가는 섭리
의 삶을 살아갑니다.

사랑
사랑은 서로 다른 극으로 합하는 무한한 섭리로 끊임없는 시련의
즐거움이랍니다.

오늘
오늘은 무한에 도전하는 펼쳐지고 넘치는 섭리 안에 우리를 초대
합니다.

화이팅
생명의 희노애락애오욕의 향기가 새로운 에너지를 동반하는 당
신은 아름답습니다.

선택은 '깨달음과 새로운 희망, 그리고 넘치는 사랑으로 이루는
참사랑의 실천이며, 끊임없는 반복의 삶'입니다.

하늘의 사랑

대지의 사랑

사람의 사랑이 어우러져 춤을 춘다.

하늘은 생명을

대지는 변화를

사람은 사랑을 바라면서 노래한다.

영원한 생명

영원한 변화

영원한 사랑은 소망이고 미래의 꿈.

하늘은 하늘대로

대지는 대지대로

사람은 사람대로 섭리 안에 존재한다.

생

서로 다름이 연속성으로 존재하며 합한 결실로
성장하는 무한함을 생이라 한다……
슬픔이여 기쁨이 있으니 다가서라.
기쁨이여 슬픔이 있으니 다가서라.
사내들아 여인이 있으니 다가서라.
여인들아 사내가 있으니 다가서라.
노인이여 젊음이 있으니 다가가라.
젊은이여 노인이 있으니 다가가라.
………

서로 극과 극은 서로를 당기니
희망이 있고 하늘이 있고 나가 있으니
생은 존재하는 생명의 기본 에너지라..

빛

빛 안에 감사하는 오늘.
빛은 살아 움직이는 생명 부리라.
빛은 새로움을 그리고 깨달음을 기대한다.
끊임없이 움직이는 채움 그리고 비움을 본다.
끊임없는 삶의 시간, 깨달음을 향해 영혼이 된다.
어두움에 고마워하는 밝음이, 다시 어두움에 감사하는 밝음이,
반복되는 즐거움으로……빛 안에 산다.

비

하늘에서 내려오는 물방울이 속삭인다.

나와 더불어 존재하는,,,,,,,

온전한 삶의 섭리.

무한한 빛의 어루만짐.

꿈을 향하는 온전한 섭리.

아! 채워지고 새로워지는 진리여!!!

밤 사이를 뚫고 귓전에 다다른 소리

참으로 부지런한 움직임의 소리련가?

시계의 초침소리, 멀리서 달려가는 차소리,

꾸르륵 배속의 절규, 두런두런 이야기 소리...

푸득거리는 닭의 날개 소리, 강아지 짖는소리,...

밤이 깊어가는구나.

메아리

정겨운 소리, 메아리

점점 우리들의 소리 안에서 사라져간다.

하늘, 대지 그리고 삶이 주고 받는 대화

이제는 반응없는 삶의 소리에 익숙한 탓일까?

'메아리 소리 해 맑은 옹달샘 터....,

어렸을 적 부르던 동요가 문득 생각난다.

원초적인 섭리로 이루는 합일의 소리가 그립다,

매미

한 여름,

생명이 영글어가는 찜통 더위에..

숲 속,

온전함 삶의 평화스러움이 가득함으로..

매미는

고집스러운 외침으로 새로움을 외친다.

끊어질듯 이어가는 매미의 외침은

구도자의 깨달음인가?

음양의 합의 고통스러운 삶인가?

세상의 허무함을 알리는 건가?

영원함의 존재는 미소를 머금고

조용히 매미의 외침에 북채를 들어 노래할 뿐.

참 아름답구나!

무

깨달음으로 잠에서 깨어 하늘 보니
무한함에 나가 있고
충만한 생명이 감사 하는구나

하늘 주신 에너지
대지 위에 펼쳐지고
하늘 땅 하나 되어
흘러가는 세월이여
삶은 하늘과 대지의 사랑되어
움직이는 살아있는 빛 같구나

음에서 눈을 뜨면 양이라.
오고가는 사랑이 가득하구나
밤과 날 사이 아름답고
날과 밤 사이 평화롭다
하늘 주신 사랑 그대로 좋구나
하늘사랑 깨달으니 한 점이로다.

도의 세상살이

하늘과 대지가 서로 서로 합하니
불, 물 공기, 합하여 하나가 되고
초목과 대지 합하여 하나가 되고
모두가 합하여 음양의 합체로서.,
도도한 생명의 근원을 시작한다.
도에 ㄱ ㄴ ㄷ ㄹ 을 달아나 보구
도에 ㅇ ㅁ ㅅ ㅊ 을 꼬매어 본다

도가 흘러 도로가 되어 선 그어서
머리만 굴려 살려는 독이 되었고
몸뚱이 굴려 사려는 돈이 되었고
움츠린 삶 돋아난다고 힘을 쓰고
그저 굴러들어 못난 돌덩이 되고
동하는 마음이 도를 이루려해도
돔(도움)없는 돗자리가 소용없고
깨달음 없이는 돛대없는 조각배라.

다의 노래

닥나무 손질하여 창호지 만들고
단디 손질하여 단단한 벽을 쌓고
닫혀진 문도 손질하여 열어보고
달라진 모습 살피어 손질을 한다

담장 넘어 흐드러진 수양버들
답답한 내 심사를 어루만진다
당장 무너질지 모르는 담장은
추억이란 꿈으로 쌓아온 돌담

닿으면 닿을수록 아름다운 벽체
닷새를 새워 짠 멍석을 두르고서
다가서는 삶들의 과거와 현재를
닻 내린 돛배의 머무는 시간들..

나의 노래

나의 날이 밝아오고
나날을 채우고 새로워라

다달음이 있어 다한 세월이
달의 그믐과 보름의 음양으로 다하는구려

달이 춘하추동 절을 이뤄
한 해가 저무러 가는구려

날, 달, 절, 해......
나의 날이 모여 달려오니
하늘의 사랑의 섭리와 영원한 생명을......
나이라는 나의 존재만 남았구려

스스로움과 사사로움으로 수놓은
나의 날들이 너무도 신비로워서
저 바람에 싣어 고마움 전하고
무릅 꿇어 감사하며 사랑에 젖어봅니다.

나루에 서서

너울거리는 물가 나루를 지어
온전한 섭리에 나를 맡겨 본다.
너울은 합일된 꿈을 기원하고
물가는 세상의 힘을 주문한다.
나는 널 향해가는 나날이 되고
너는 더불어 같이하는 날이되고
우리는 세상의 주인인 사람이고
보이는 모든 것은 사랑의 재료라
짐승은 스스로 '짐'이라 하지만
너와 나는 몸과 맘이 있는 삶이라.
월요일 온전한 섭리 안에서 '한판고륜' 흥얼대었습니다.

나~~~

나, 펼쳐진 부리라

낙하산 타고 하늘에서 내려와
난장판으로 삶을 살아가는구나
나들이하는 삶의 즐거움 이라.
날마다 새로운 시간 몸을 담고
남 모르는 조그만 삶이 있겠지만
납같이 무겁고 힘든 삶도 있다네
낫 들고 인생의 잡초를 베어가고
낭군을 얻은 아낙네같이 살면서
낮과 밤을 헤아리며 삶을 누린다.
낯을 들어 아름다운 세상을 보고
낱낱이 셈하고 꼼꼼한 세상의 삶.

낳은 정 길은 정, 부모님 은혜로 이뤄진 나는
나, 펼쳐진 삶의 근원이로구나

나! "아자"

깨달음이 새롭게 길을 떠나
참 하늘을 우러러 소리쳐본다. "아자"

기쁨이 하늘에 있으니 아자!
생명이 넘쳐나고 채워져 새롭구나

분노가 하늘에 있으니 아자!
자신을 지키려고 전신이 떠는구나

사랑이 하늘에 있으니 아자!
끝없는 무한존재 마음이 향기롭다

즐거움 하늘에 있으니 아자!
섭리가 첫걸음의 활력을 돋워낸다

슬픔이 하늘에 있으니 아자!
끝없는 유한존재 마음이 슬프구나

교만이 하늘에 있으니 아자!
장승의 고집스런 부동심신 애처롭다

욕심이 하늘에 있으니 아자!
중용의 자연자중 그럭저럭 한 생애라

깨달음으로 잠에서 깨어 하늘보니

무한함에 나가 있고
충만한 생명이 감사 하는구나

하늘 주신 에너지
대지 위에 펼쳐지고
하늘 땅 하나 되어
흘러가는 세월이여
삶은 하늘과 대지의 사랑되어
움직이는 살아있는 빛 같구나

음에서 눈을 뜨면 양이라.
오고가는 사랑이 가득 하구나
밤과 날 사이 아름답고
날과 밤 사이 평화롭다
하늘 주신 사랑 그대로 좋구나

하늘사랑 깨달으니 한 점이로다.

길

길을 갑니다…….
하늘의 기운이 내려오고,
땅의 기운이 오르는 그 곳에……
나라는 삶을 얹어 길을 갑니다.

길을 갑니다
저가 있고…고가 있고…중이 있으니……
이들 모두가 흐르는 물처럼 갑니다…
나라는 생명을 얹고 길을 갑니다.

길을 갑니다
올려보고, 내려보고
앞을 보다가, 뒤를 보기도 합니다…….
나라는 자유를 찾고자 길을 갑니다.

길을 갑니다.
보이는 것도 있으며, 보이지 않음도 있으며
깨달음과 사랑도 있습니다…….
나라는 존재를 얻고자 길을 갑니다.

길을 갑니다.
존재함이 있으니
존재하는 것과 느낌만으로도
기쁘고 사랑하는 존재가 되어
존재의 이유를 생각하며
보이지 않는 삶의 기쁨을 위해 길을 갑니다.

기원

단을 세워 탄 하니— 심신이 합하여 새로운 나를 이룬다.

하하하 호호호 웃음으로 새 생명이 태어나고,

아하'하는 탄성이 삶을 살 찌우고, 바느질 하는 아낙의 손길이 꿈에

그리는 사랑을 이룬다. 두손을 모은 삶은 아침에 해를 돋게하고

저녁이면 아름다운 노을로 편안한 꿈을 향 한다.

아해 야! 네 안에 아'가 있고, 행'이 있고, 참 삶의 즐거움이 가득하다.

……행여 병 중에 있거든 병에 가득 네 사랑을 채워 저 넓은 세상에

던져 버려라. 새로운 삶이 네 안을 채울 것이다.

갈이 저무러 가고

갸날픈 몸매를 드러낸 나무들

거리는 꽃 단장한 낙엽이 아름다운 춤을 추며

겨울의 길고 긴 밤을 채울 이야기를 준비한다

고요한 밤 하늘사이에

교차되는 마음을 수 놓으며

구수한 삶의 향내를 내품고

규율을 벗어난 자유로운 방랑자의

그윽한 마음의 깊숙한 온기를 노래하고

기억조차 없어진 참 고마움을 되새겨 본다.

가갸거겨고교구규그기

나의 삶의 에너지여

가르고 나르고

물길을 가르고 나는 새는 날기 위함 이련가?
가르는 시승이니 사랑을 채운 새로운 사랑이
넘치는 무한함이 있고,
나르는 시간이니 사랑을 채운 새로운 기운이
시작되어 펼쳐지는구나.

가르없는 나르가 없으니 이는 마음과 몸이
공존하는 삶을 이른다.
세상은 사랑으로 이루어 나가며
변화하는 삶을 즐기지만
사람은 가르와 나르가 합하여진 섭리를
근원으로 삶을 이룬다.

한글

하나, 하나 합하여 새로운 하나가 새롭구나.
하나는 하나를 얻어 하나가 되풀이 되고 영원함을 추구하고
영원은 보임과 보이지 않음으로 채워져 하나의 삶을 이룬다.

생명의 뿌리요.
서로가 합하는 영원한 사랑의 무한함이며,
사방을 향해 뿜어내는 삶의 무한한 동력이라.

하늘은 생명의 에너지를 숨결의 박자에 맞추어 펼치고
대지는 하늘의 도움으로 스스로를 맡기어 고마워하며
사람은 대지 위에 서서 영원한 주인으로 대를 이어간다.

말이 아닌 말씀으로 스스로를 드러내니 참 좋고도 아름다워라.
음양이 있어 하늘, 대지 그리고 사람이 합하여 더욱 아름다
워라.

보이지 않는 소리가 에너지 되어 삶의 그림을 그리니 신비로
워라.

깨달음으로 삶을 이끌어 하늘을 사랑하게 하고
하늘의 사랑을 받아 근본을 이루니 새롭고 새롭도다.
무한하게 거듭나는 영원함을 향해 오늘의 삶을 펼쳐간다.

우주를 닮은 사람의 몸을 그려내어 본성을 가르치고
모자라는 삶을 사랑으로 감싸 온전함으로 이끌어
몸짓과 마음의 짓을 합하여 움직이는 조화로다.

미소한 보이지 않음을 발판으로
조그마하고 초라한 보임에 스스로를 낮추고
우주보다 더 큰 핵으로 자신을 숨겨 하늘을 그려내는구나.
참 아름답고 맛깔스러운 신비한 우리들의 글! 한글

가가나 나나나

서로 같이 있어 헤어지려 하지만 가가는 마음이요 나나는 몸이라.

서로 헤어지면 아무 것도 아닌 공인 걸 왜 그리 헤어지려 하는고.

공이라 가만히 있는 수절된 삶을 유지하면 그저 구르고 멈출 뿐.

차라리 쉬어가더라도 가르고 나르고 삶의 향을 즐기어 보는 것이

가가가 나나나 가나 간아 갓난 나로구나.